文芸社セレクション

人にとって一番大切なこと、知らなければならないこと

日吉 美代子

JN126657

文芸社

長年にわたって私を支え、導いて下さった、この書にある諸先生方と、私の家族(現在27名)、中でも三名を神学校におくり、協力を惜《お》しまない夫、一成と、この本の出版・発行にあたり支援を惜しまなかった私の弟。イラストを描《か》いてくださった樋口奈保美さん、三男の佑市さんと、すべての愛する読者の皆様へこの小さな本を捧げます。

日吉美代子

はじめに

　２０１０年から10年間、私はどうしても知ってほしいこと、伝えたいことがあり、「アルファ&オメガ」と題して月報をＡ４・３枚一組で、取り組み贈呈し送付し、10年後には１００名に渡《わた》すことが出来た。

　その後、文芸社さんと御縁を持ち、再三のお勧《すす》めにより、私の信頼する方と相談し、筆を執ることになった。

　その時、幸いにも私の周囲には立派な先生方が沢山おられることに気《き》付《づ》き、加わって戴くこととした。

　皆さん快《こころよ》く受託《じゅたく》して下さり、この小書の花々となっている。感謝である。80年生《い》かして戴き、80枚の原稿が書けそうだが、自身のことは控えて少々とした。

　付録として過去に書いた童話を載《の》せたのは、子や孫たちのために書いた。「初《はじ》め」があれば「終わり」があること、将来と希望は「わたしはある」といわれる方が共にあること。この地上の生活は来《き》たるべき世の永遠を見つめ、恐れなければならない方を恐れて生きることを願わされている。

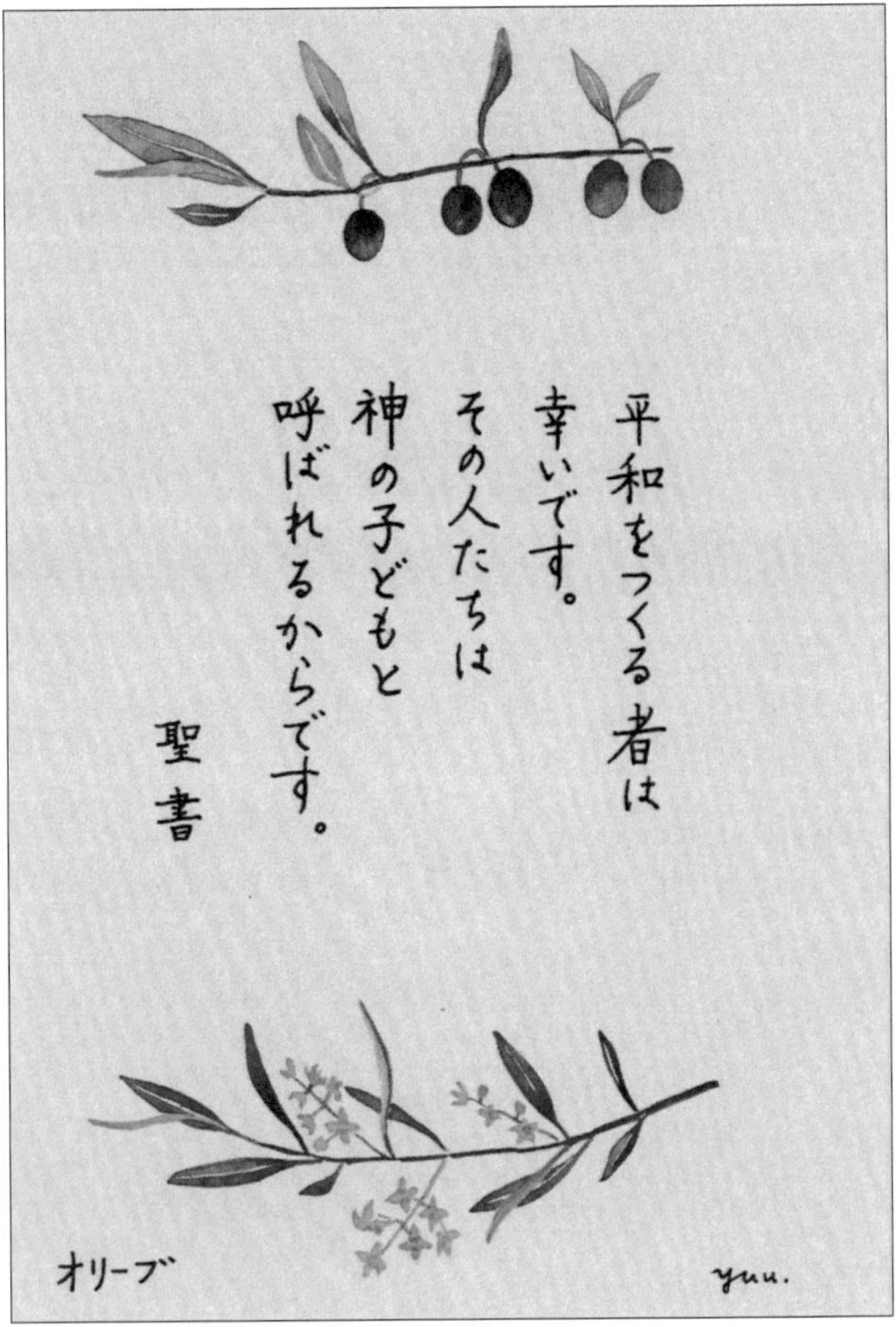
平和をつくる者は
幸いです。
その人たちは
神の子どもと
呼ばれるからです。
聖書
オリーブ
yuu.

絵　佑市

序　文

日吉美代子

文庫本といえば私の青春時代は、よく手にした本である。特に当時は三浦綾《あや》子著作に共感したものである。「一体わたしたちの人生に何が一番大切なことなのか。人間にとってなくてはならぬことは何なのか」「人はいかに生きるか」を一貫したテーマとして、82に及ぶ作品を世に残された。「一生を終えて後に残るのは、我々が集めたものではなくて、我々が与えたものである」（『続・氷点』）と。「キリスト者とはキリストの愛を伝える使命を持つ者」と述べて、キリストの愛に生きた『塩狩峠』の長野政雄氏、『愛の鬼才』の西村久蔵氏の生涯を紹介し、多くの人々に感銘を与えた。「神の愛」を知ってほしいことと『氷点』の作品では、「罪」について知ってほしいとの願いが伝わってくる。彼女は著作の終章で「最後に敢《あ》えて今一度、読者の一人一人に向かって呼びかけたい。かけがえのない、そして、繰り返すことの出来ない一生を、キリストを信じてあなたも歩んでみませんか。

今までの生活が、どんなに疲れきった、人に言えないような生活であっても、悔い改めてあなたの人生の深淵《しんえん》に光を投げかけるお方、あなたを見捨《みす》ず愛して下さっているお方を、知ってほしい」と、大胆に述べている。私はここで三浦文学を語っているようだが、その真意の程は、読者に「大切なこと」、「知ってほしいこと」が一致しているからである。

「第一部」は経験豊富な諸先生方のメッセージで飾ることが出来て、深く感謝に堪《た》えません。

「第二部」は私をここまで（80歳）生かし、支え、良くして下さった神にある人生十色を、少しお証《あか》しさせて戴きました。

「第三部」は2018年に孫達の為に書いた童話ですが、決して夢物語でなく、現実味を帯びた内容です。

「第四部」は1997年、神学生時代に、授業で提出したメッセージですが、引出しの中で埋《う》もれていたのを取り出し、公開することとしました。

「第五部」は神ご自身が語られた御言葉《みことば》を旧約聖書「イザヤ書」からと、新約聖書『黙示録』からイエス・キリストの最後の御言葉《みことば》を知って戴きたいと願いました。

今回文芸社のお勧めにより、思いがけず、お恵みを戴いて、神と人とへ感謝しております。多くの方々へ「大切なこと」「知らなければならないこと」を知って戴き、神の祝福をお祈りする者です。

完

目次

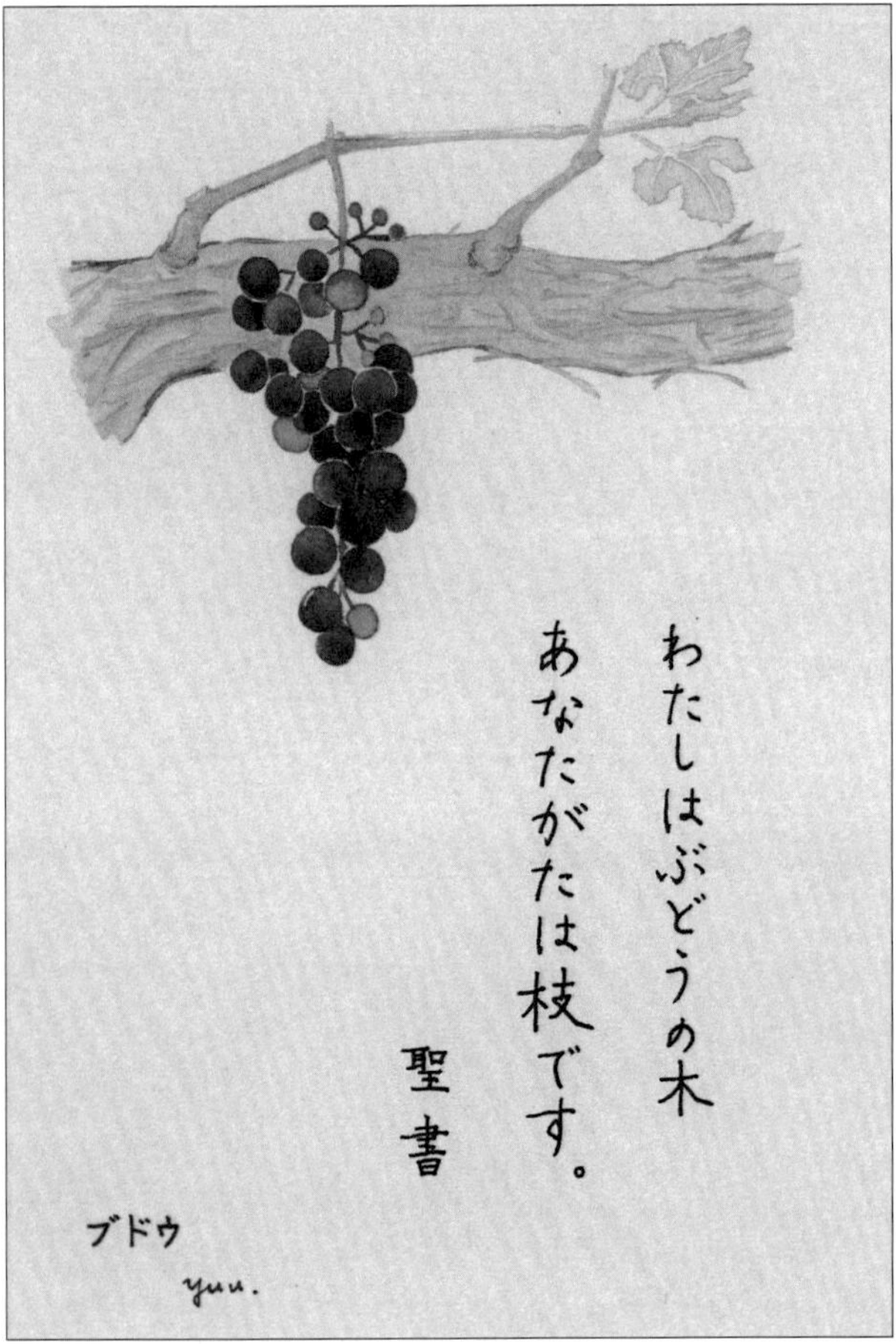
わたしはぶどうの木
あなたがたは枝です。
聖書
ブドウ
yuu.

絵　佑市

第一部　諸先生方からのメッセージ

ほんとうの自分を発見する旅

前関西聖書神学校校長、岡山県香登《かがと》教会名誉牧師、
『バックストン著作集全10巻』編集長　工藤弘雄

人間にとって一番大切なこと、知らねばならないこととは何でしょう。八十路を越え、老いの坂を日々登り行く私にとっても、それはとても新鮮で有意義な問いかけでした。

「人間にとって一番大切なことは？」と聞かれれば、牧師として伝道者として歩んできた者として、当然のように、「それは、心を尽くして神を愛し、隣人を愛することです」と答えることができるでしょう。あるいは聖書に立って、ほかの答えを見出すかも知れません。しかしそれではいかにも四角四面のお決まりの答えのように思えてなりません。

私は、この問いかけをもう一度自分の身に当てはめ思い巡らすとき、人間にとって一番大切なこととは、「ほんとうの自分を発見し、ほんとうの自分らしく生きるこ

と」ではないかと思わされるようになりました。

　では私にとって、ほんとうの自分を発見したときはいつだったろうと振り返ったとき、「あの日、あの時に違いない」と思い起こすができるのです。それは私の大学二年生の秋のことでした。私は、クリスチャン・ホームに育ち、キリスト教についてはある程度のことは知っていました。しかし、東京に出て大学生活をする中で、自分の人生の目的が分からない、何のために学ぶかが分からずに悔いの多い日々を送っていました。

　そうした悩みの中で、自分の人生の設計者である神の存在を認めることができるようになり、さらに自分を深く見つめるようになりました。そして大学二年生の夏、自分の中にある自分ではどうすることもできない「自我」に直面し、その解決がキリストの十字架にあることを知りました。

　ほんとうの自分を発見すると言いましたが、自分の中に「したいと願う善を行わないで、したくない悪を行っている自分」を見出すことは深刻な悩みです。それは人間にとって最大の悩みと言ってもいいかもしれません。聖書の中で使徒パウロはローマ人への手紙七章で、ありのままにその悩みを告白しています。

　ところがその最大の悩みが解決される道があることを知った私は、まるでコロンブスが新大陸を発見したような驚きと喜びを経験したのです。私がふるさとの教会に帰り、そこで出会ったメッセージがその驚きと喜びを与えてくれたのです。そのメッセージとは、自分の中にどっかり腰を据え、したいと願う善を行わないで、したくない悪を行うもう一人の自分が、キリストと共に十字架につけられ、キリストが自分の内に生きてくださる、というメッセージです。それは、ほんとうの自分を発見する旅路の出発点となるメッセージでした。

それから、ある秋の一日、私は東京の荻窪にある教会の一室で、自分の中にあるもう一人の私から出てくる罪と向き合いました。旧約聖書のモーセの十戒は私の心を照らし、私の内面を光の中に浮かび上がらせたのです。怒り、憎しみ、恨みの根源である「人を殺す罪」、淫らな思い、行為、好色の根源である「姦淫の罪」、さらに盗み、偽り、貪欲など、具体的なかたちで、まるでサーチライトで照らされるように自分の罪が照らし出されたのです。私は涙を流しながら、正直にそれらの罪を認め、言い表し、悔い改めました。

そのときです。主イエスの十字架が私のためであるとハッキリと信じることができました。キリストは私のすべての罪を背負い、私に代わって十字架の上で死んでくださった。御子イエスの血がすべての罪から私をきよめてくださる、と信じたとき、私の中に大変化が起こり、私は生まれ変わったのです。ほんとうの自分を発見したのです。

「だれでもキリストのうちにあるなら、その人は新しく造られた者です。古いものは過ぎ去って、見よ、すべてが新しくなりました」と新約聖書の第二コリント人への手紙五章一七節にありますが、そのことが私の内に成されたのです。教会で一泊し、迎えた雨上がりの朝の光景は忘れることはできません。庭の木々に水玉が水晶のようにまばゆく輝いているではありませんか。それはほんとうの自分を発見した朝でした。

その時から、新しい日々が始まりました。自分の幸福と自分の益のために神様を求めるところから、それとは反対に、神様のみこころを求め、神様のみこころが自分の人生になるようにと変えられていきました。そしてついに、神様のみこころだけがなりますようにと、自分の意志をすべて明け渡したとき、自分の中に神の聖霊が満ちあふれ、さらに新たな素晴らしい自分を発見することができるようになりました。

ほんとうの自分を発見する旅は生涯続いています。芸の道を進む者が、「きのうの自分にきょうは勝つ」というような、新しい自分を発見する旅です。きのうよりももっとキリストの姿に変えられる自分、きのうよりももっと神を愛する自分、きのうよりももっと人の痛みを知る自分、きのうよりももっと人の幸福を求める自分、そして人と自分を比べるのではなく、自分らしく、あるがままに、自然体に生きる自分を求める旅が、今日まで続けられてきました。

ほんとうの自分を発見し、ほんとうの自分らしく生きる人生には終わりがありません。その自分を造り、歩ませてくださる助け主なるお方を仰ぎながら、きょうもこの歩みを進めていきたいと願っています。

※愛読書の『バックストン著作集全10巻』を通して御夫妻と交流を持つように。

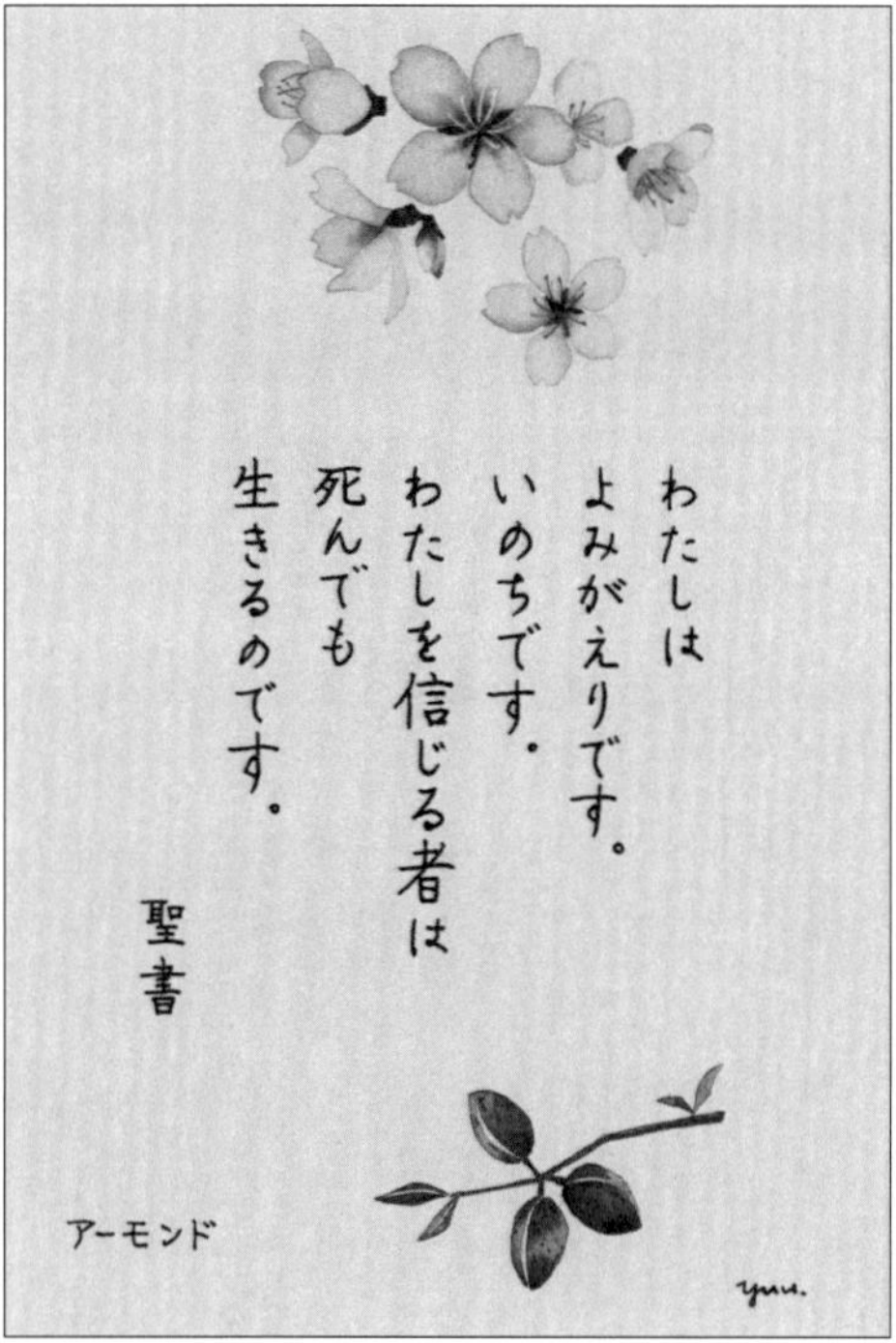
わたしは
よみがえりです。
いのちです。
わたしを信じる者は
死んでも
生きるのです。
聖書
アーモンド
yuu.

絵　佑市

人にとって最も大切な事、知らなければならない事

京都宣教教会牧師　姜《かん》讃馨

ソロモンの言葉を引用したい。

「あなたの創造主を覚えなさい。」そう、創造主を知ることが最も大切である。神が私の人生の目的を持っておられるから、創造者を知らない限り成功した人生を生きることはできない。

大学生の時、哲学に溺れ熱心に哲学書を読んだ。朝から夜遅くまで読んで読んで読みあさった。面白く、生き甲斐を感じた。その上知識も増えていった。これが私の人生の道だろうと思った。

ある日、食事の前に突然こんな祈りが口から飛び出した。

「神様、私に生き甲斐を与えて下さい。生きるべき意味を与えて下さい。」と。とても驚いた。こんな事は一度も考えた事がなく、話した事もなかったから。

私の魂《たましい》の嘆きの声だった。今私が歩んでいる道は私が歩むべき道ではない。私に

は別の道がある事が本能的にわかった。また、全《すべ》ての人にも、その人だけが歩むべき道があるという事も悟った。

そうしたら、人はどの様にその道を知る事ができるのか？　簡単だ。目的を持って私を造《つく》られた神に出会う時、知る事ができる。

私は聖書を通して私を造られた神に出会い、私の人生の本当の目的を悟った。神の栄光を現し、神に栄光を返す事が私の人生の最も大きな目的だ。

だから私は躊躇わず「人が知らなければならないのは創造主神だ」と言いたい。目的を持って一人一人の人を造られた神に出会う時、人は最も価値ある人生を生きる事ができるからだ。

※前関西聖書神学校 工藤弘雄校長の愛弟子で交流を持つように。

人生にとって一番大事なこと

アッセンブリー教団 中央聖書神学校前校長　北野耕一（91歳）

「人生にとって一番大事なことは何か」と尋ねられたなら、躊躇せず私は「ままごとの心」を取り戻すこと、と答えるでしょう。何故なら「ままごとの心」は、聖書に記されている最高の律法「あなたの隣人を自分自身のように愛しなさい」（ルカの福音書一章二七節、ヤコブの手紙二章八節、レビ記十九章十八節など）に通ずるからです。

私が小さい頃、よく「ごっこ遊び」をしました。空想の世界の中でいろんな人物や動物などに変身して楽しむ遊びです。「ままごと」もその一つです。大人をも巻き込む近頃の複雑なゲームに比べると、たわいのない原始的な遊びでした。五歳だったか六歳だったか、私の得意技は盲腸の手術でした。いやがる友人を無理矢理患者に仕立て、医師のまねごとをしたのを覚えています。テレビのない時代その上、家族に医師や看護師のいない我が家で、外科医の真似事をする材料をどこから仕入れたのか、未だに不明です。

そもそも「ごっこ遊び」は自分ではない者に自分を置き換えるということから始まります。少し小難しく説明すると「ごっこ遊び」とは、まず自分を客観視し、仮想の人物の役割を内面化し、それを行動に表現するということです。そのようなややこしいことを、あどけない子供が台本なしに、どうしてごく自然にやってのけるのでしょうか。私はそこに神のみ手を感ずるのです。「ごっこ」能力は神からの授かり物ではないかと。とはいえ、大人の世界は「ごっこ遊び」のようにシャンシャンと事が運ばれるほど単純ではありません。その上、デジタル化が急速に進み、物事の判断をＡＩ（人工知能）に依存する昨今、人としての交わりの中で、じっくりと相手の心情を察知し、心配りに時を費やす余裕が薄れつつあるのではないでしょうか。だからこそ私は人間らしく生きるために、「ままごとの心」を取り戻す必要を感じるのです。

さて、人間社会に失ってはならない重要な倫理、隣人愛について、聖書の「ルカの福音書」にイエス・キリストと律法学者との問答が記録されています。（ルカの福音書十章二五～三七節）イエスは聖書に何度も繰り返されている「あなたの隣人を自分自身のように愛しなさい」について通り一遍の解説をするのではなく、律法学者に対し、そのことば通り実行しなさいと強く要求しています。それでも納得できない彼にイエスは「良きサマリヤ人」の例話を用いて、「隣人を愛する」ことを迫りました。

この例話に登場する人物は、強盗に襲われ半死半生になった旅人（ユダヤ人）、彼を見て見ぬふりをして通り過ぎる宗教家二人（彼らは愛の律法をわきまえたプロ）、通りがかりの男性（サマリヤ人）の四人です。旅人とは民族的には関係の良くないにもかかわらず、サマリヤ人は、愛に押し出されて旅人の傷の手当てをしました。それだけではなく、自分の家畜に彼を乗せて宿屋に連れてゆき、相当額を前払いし、「もっと費用がかかったら、私が帰りに払います」といって立ち去りました。物語を閉じるに当たってイエスは、隣人を愛する律法を諳んじた律法学者に大切な質問を投げかけています。「この三人の中でだれが、強盗に襲われた人の隣人になったと思いますか」と。それまで律法学者にとって「隣人」とは助けを必要としている人々を指していました。ところがイエスは彼に視点の転換を要求しています。「隣人の隣人」になるということです。幸い彼は「その人にあわれみ深い行いをした人です」と正しい回答をしました。するとイエスは彼に「あなたも行って、同じようにしなさい」と諭して対話を終えています。

例話に登場するサマリヤ人のように愛の瞬発力が発揮されるためには何が必要なのでしょう。聖書は単に「隣人を愛しなさい」と要求していません。それだけでは同情心がわいても、隣人のこころ深くにあるうずきの声が聞こえません。苦しむ旅人をちらっと見て通り過ぎた宗教家と同類になってしまいます。聖書が要求するのは「あなたの隣人を自分自身のように愛しなさい」なのです。言い換えれば隣人の立場に自分自身を重ね合わせるということで発揮できる愛の行動です。名優が台本の人物になりきる行程に似ています。冒頭に紹介した「ままごとの心」が成熟すると大なり小なりそれが可能となる筈です。同情が共感に深化するとき、犠牲を払ってでも「隣人の隣人」になろうとする動機が高まります。

このように、聖書は隣人に寄り添うことを教えますが、コロナは隣人からソーシャルディスタンスをとることを強います。一方、ワクチン不要のＡＩロボットは暖かみのない機械的な音声で私たちに近づいてきます。近年の世相は、相手の気持ちを察して行動する余裕を持とうとしない方向に、われわれを引きずり込んでいくように思えてなりません。安らぎの場であるはずのホームが冷え切った建物と化し、生きがいを感ずるはずの職場でハラスメントに出会い、どこでボタンの掛け違いをしたのか、隣の国にミサイルを撃ち込む現実に胸が裂けそうです。どこかに置き忘れた無邪気な「ままごとの心」をとりもどし、成人した隣人になりたいものです。

※長男（日吉成人）神学校時代からの恩師。

神様に愛されていること

大阪府阪南市「アッセンブリー教団　尾崎キリスト教会」牧師　秋川由香利

〝天地創造の神様に愛されていること〟を知るということは、生きていく上で大変心丈夫なことであり、かつ、有意義なことです。

私は北海道開拓農家の三代目の家庭に生まれました。家には仏壇と神棚が並べて置いてあり、毎朝顔を洗ってから、各自がそれらを決められた作法で拝礼する家庭で育ちました。

社会人になり、親元を離れて生活する中で人間関係での悩みを抱えるようになりました。その頃、クリスチャン作家の三浦綾子さんの本を何冊か読み、また、クリスチャンの友人に誘われて教会に行くこともありました。

「人間は（私は）なんて罪深いのだろう」という思いが強くなり、ある日、庭掃除をしながら、「虫や動物は生きていくために必要なものだけを食べて生きている。けれども、人間は自分本位な欲を満足させるために人を傷付けて生きている。人間は（私は）虫や動物よりも罪深い」と思い、空しさを感じることがありました。

そういう中で、友人に誘われて教会の特別伝道集会に行きました。そこで、イエス・キリストが私を助けてくださる神様なのだということがわかりました。その時から、神様は私のことをいつも心に懸けてくださって、愛してくださる方であることに気付くようになりました。

私は物心ついた頃から、超越的な存在の神様に見守られていることを信じていましたが、愛してくださる方なのだということがわかったときに、イエス・キリストによって知ることができる天地創造の神様は本当の神様なのだと確信しました。神様が私たち人間を愛してくださって、懇切丁寧に関わってくださる方であることを知ることができるのは、イエス・キリストによる罪の赦しを頂いているからなのです。

この確信は、今も揺るぐことはありません。ハレルヤ!!

※数年前メッセージを聞いて以来の交流。

人間として一番大切なこと

北海道石狩市CFNJ聖書学院学院長　鍛治川利文

「人は、たとい全世界を手に入れても、まことのいのちを損じたら、何の得がありましょう。そのいのちを買い戻すのには、人はいったい何を差し出せばよいでしょう。」マタイ16章26節

イエス様は荒野の誘惑の中で、試みる者にこのように仰いました。「人はパンだけで生きるのではなく、神の口から出る一つ一つのことばによる。」（マタイ4章4節）。この言葉は旧約聖書の申命記の言葉ですが、これは言うまでもなく、「人はパンなど必要ない」とか、「なくても生きていける」と言っているのではなく、勿論、人は食べることをしなければ生きていけず、又、成長することもできないけれど、その意味は、人はただ食べて身体が成長しても、それだけでは本当の自己を養うことは出来ず、人が人間として成長する為には心の糧が必要であること、つまり、人生には食べると

いうこと以上の意味と目的があるのだということです。でも現実には、誰もが日々の忙しさの中で、そのようなことを真剣に考える時間などないかもしれません。しかし「忙しい」という字は「心」が「亡《ほろ》びる」と書くように、自分の心を見つめ直し、聖書からの問いかけに耳を傾ける必要があります。

イエス様は山上の説教の中でこう言っておられます。「だから、わたしはあなたがたに言います。自分のいのちのことで、何を食べようか、何を飲もうかと心配したり、また、からだのことで、何を着ようかと心配したりしてはいけません。いのちは食べ物よりたいせつなもの、からだは着物よりたいせつなものではありませんか。」（マタイ6章25節）。ここでも同じようなことをイエス様は仰っています。つまり人が将来のいのちと身体への心配のあまり、今、何が大切なのかを見失ってしまうというのです。人のいのちは最も大切なものであり、そのいのちの為に食べているのに、気がついたら何を食べるかだけに心を向けてしまう。又、身体は大事であり、内に聖霊を宿す宮として美しく養っていかなければならないけれど、いつしか外のこと、着るもの、飾ることだけに心を配る。更にイエス様は続いて、今日を忘れ、明日を思い煩う愚かしさを語られます。ここに誰もが陥りやすい本末転倒があるのです。

イスラエルのソロモン王は、イエス様が「栄華を窮《きわ》めた」と言いました。「しかし、わたしはあなたがたに言います。栄華を窮《きわ》めたソロモンでさえ、このような花の一つほどにも着飾ってはいませんでした。」（マタイ6章29節）。ソロモン王が世界を手に入れたいと思ったかどうかは分かりませんが、父ダビデ王の意向をくんで、神の宮を建設しようとした思いは本物でした。しかし晩年、ソロモン王は伝道者の書の中で人生の空しさを告白します。「空の空。伝道者は言う。すべては空。」（伝道者12章8節）。その真の意味は分かりませんが、イエス様が仰った言葉。『まことのいのちを損じる』このようなことがソロモン王の身に起こったのかもしれません。

「まことのいのち」とは何でしょうか？　それは「神につらなるいのち」であり、「本当の自己（true self-New English Bible訳）」といえるものです。人間として一番大切なことは、本当の自己を知り、それを見いだし、そして、それをしっかりと確立することです。人がたとえこの世で全世界を手に入れる程の幸福を手に入れたとしても、本当の自分を見失うならば何の得にもならないのです。今、ヨーロッパでは激しい戦争が行われています。正に全世界を手に入れるという野望がこの世界に渦巻いています。このような時代だからこそ、いのちの大切さを見つめ、まことのいのちを宣べ伝える者でありたいと願います。

※三男（日吉佑市）が卒業した神学校の恩師。

人間にとって最も大切なこと、知らなければならないこと

ＣＦＮＪ聖書学院副学院長　鍛治川紀子

それは、自分を造り、愛しておられる神を知り、そのお方と共に生きることです。

この日本において、自らの命を絶つ人々が大勢いるという、悲しい事実を知るとき、私はこの二つの命題を知る機会もなく、死んでいった人々に対し、何故？　と問う前に、自分の心にこう問いかける。

「あなたはこれまで、そんな人々の一人にでも寄り添い、命がけで関わってきたことがあるのか？」と。

その問いには「あまりにも無力で、不十分」と答えるしかない。

一方、そんな自分が、生きる意味も知らず、むなしく罪の中を歩み、絶望し、滅びに向かっていた時、愛してくださる方がいること、生きる目的があることを伝えてくれた人がいたことを、思い出さずにはいられない。

だから私は祈る。「主よ、すべての人があなたの愛と真理を知り救われるために、わたしを遣わしてください、そして、滅びゆく魂を救うために、収穫の働き人を遣わしてください」と。

〝わたしの名で呼ばれるすべての者は、わたしの栄光のために、わたしがこれを創造し、これを形造り、これを造った〟イザヤ63：7

このように言われる、造り主なる主を知り、そのお言葉に従い、すべての人が、神の栄光のために生きる者となるように、心から願い、祈り続けている。

神から離れ、自分勝手に歩む罪深い人間にとって、神の存在はあまりにも遠く聖く、近づくこともできない。しかし、それをよくご存じの天の父は、罪のないひとり子イエスをこの世に遣わし、すべての人の身代わりに十字架に付けることでご自身の愛を現された。

その十字架の死とよみがえりによって、私達は罪に死に、御霊によって生きる者へと変えられた。朽ちる者から、永遠に朽ちない命を持つ者として生かしてくださる、この方こそ、永遠の命、栄光の望みなる主、イエス・キリスト。
この御名《みな》にとこしえまでも栄光がありますように。
※三男（日吉佑市）が卒業して以来交流を持つ。

神への愛と人への愛、わたしが愛したように

北海道「札幌新生キリスト教会」牧師　田中博

（付記）聖書のみことばの中で「わたし」とあるのは、神ご自身を表し、個人では「私」と表して区別します。

「わたしがあなたがたを愛したように、互いに愛し合いなさい。これがわたしの戒《いましめ》です」（ヨハネ15：12）

私たちは自分が愛された程度にしか、人を愛せません。コップの器以上には水が注がれません。〝自分というのは神によって愛された存在である〟そのことに目が開かれていないと「愛しなさい」という主の戒めは偽善を強いられてしまうことになります。器が空っぽの状態で他者は愛せません。しかし、主によって愛に満たされると他を潤すほどに豊かに生きることができるのです。

ビクトル・ユーゴーの『レ・ミゼラブル』には、主人公で窃盗常習者のジャン・バ

ルジャンが回心する様子が描かれています。彼の罪の生き方を根底から変えるきっかけになった出来事が教会の神父ミリエル司教との出会いでした。銀の食器を彼が盗んで逃亡したのにもかかわらず、後に警官に捕まり、神父のところに連れてこられます。しかし司教は「これはあなたにあげた物です」と躊躇無く答えるのです。それによって彼は赦され、自由の身になり、後にはマドレーヌ市長になります。あの司教が持っていた「私の物ではない」という意識。私物さえ与えられている物というのは、彼の本心を言ったのです。ことごとく神から恵みを受けて、すべてのものを頂いている。その姿勢が愛をあらわし、ジャン・バルジャンも愛されて、愛することを知った。真に赦《ゆる》されたものが、人を赦《ゆる》せるのです。

「その方が来れば、罪について、義について、また裁《さば》きについて、世の誤りを明らかにする」（ヨハネ16：8）とありますが、世の誤りを明らかにする。というのは、私たちが神の前に罪人であるということを叱責し、暴露されるということです。自分は罪人である、また自分がどんなに罪人であるか、ということに自分の目が開かれるのです。そして、何が罪なのかを知らしめます。そのことを教えられるのが聖霊なる神です。しかし、同時に十字架で罪を赦すために死なれた救い主イエス・キリストを指し示し、自分がどんなに愛されているかを明らかにしてくださいます。自分が赦《ゆる》されているかを明らかにする聖霊の神。この方にあずかればあずかるほど私たちは主の愛、キリストの愛、神の愛を知るのです。使徒パウロは「私の罪人のかしらである」とさえ言いました。

私たちは自分に失望するときがあります。自分のたてた決心も簡単に変わることもあります。行き詰まったり、もう自分はだめだ、変わらないのだと思うこともあります。しかし、私たちが自分に失望したときほど、希望が輝くことを神は教えられます。その分だけ自分に頼らず、主に依りすがって生きるからです。梅の木は寒い北海道では育ちません。しかし、プルーンの木に接ぎ木されることで、実をならせます。私たちも自分の欠点や弱点はあれど、主イエス様に繋がりこの方から豊かな命を頂くことができます。人間にとって大切なことはまことの神を知って、神の愛を知り、キリストの愛の中で隣人を互いに愛し合って生きましょう。

※三男（日吉佑市）が、神学校時代通った教会で、愛の訓練を受けてお世話になりました。

ここに愛がある

福音交友会高石聖書教会協力牧師　清水昭三

人間にとって一番大事なこと、人間が第一番目に知らなければならないことは何でしょうか。それは、「神は愛のお方である」ということを知ることです。聖書には、人間は神によって創造されたと記されています。では、神は何のために人を創造されたのでしょうか。それは、人を神の愛の対象とするためです。そのために神は、人を、ロボットとしてではなく、自由意志を持つ者として創造して下さいました。人が、神を愛することも神に背くことも選べる自由意志を用いて、自分の側から、神を愛することを選ぶように創造して下さったのです。愛は、必ず、自由意志に基づいています。愛することも愛さないことも、どちらでも選べる自由意志を土台にすることによって、真の愛が成立するのです。けれども残念ながら、最初の人アダムは、サタンの誘惑にまどわされて、与えられた自由意志を用いて、神を愛するのではなく、神に背くことを選んでしまったのです。大失敗です。私たちはみな、アダムの子孫です。ですから、生まれた時から自己中心な罪の性質を受け継ぎ、神を愛することの出来ない者です。しかし神は、永遠に、愛のお方です。神は、堕落した人間の罪を赦し、人間が真に神を愛するようになるために、神のひとり子を救い主として送って下さいました。その救い主であるイエス・キリストは、自ら、ご自分の自由意志によって、そのいのちを私たちの身代わりとしてささげ、私たちの罪を背負って、十字架で死んで下さいました。キリストの愛が私たちに届けられたのです。それで神は、誰でも、自由の罪を悔い改めてキリストを信じる者の罪を赦し、永遠のいのちを与え、神の子にして下さるのです。それらすべては、神の愛に拠っています。神は永遠に変わらない愛のお方です。神は、昔も今も、私たちが、私たちに与えられている自由意志を用いて神を愛し、神との愛の関係の中で生きるようにして下さっているのです。

キリストの十二弟子の一人であった使徒ヨハネは、「心の一番奥底で、神は私を愛していて下さっていると信じているように」と語っています。ヨハネはその手紙の中で、「私たちが神を愛したのではなく、神が私たちを愛し、私たちの罪のために、なだめの供え物としての御子を遣わされました。ここに愛があるのです」（ヨハネの手紙第一４章10節）と記して、自分には、本来、神を愛する愛が無かったと告白しています。事実、若い頃のヨハネは、あだ名を「ボアネルゲ」（雷の子）と呼ばれる、気性の激しい、仲間とよくけんかをする、自己中心的な若者でした。またヨハネは、

「誰が一番偉いか」と仲間同士で論争をする、高慢で、粗野な、キリストの弟子のひどりでした。しかし、90歳を迎える頃には、彼は、「愛の使徒」と呼ばれるように変えられたのです。ヨハネは、彼の手紙の中で、自分がどのようにして愛の使徒に変えられたかのあかしをしています。その冒頭で、ヨハネは、「神を愛してもいない自分を神は愛してくださった」と語るのです。

では、そんなヨハネがどのようにして神の愛を知るようになったのでしょうか。それは、キリストの十字架の前に立つことによってであったと思われます。ヨハネは、キリストの十字架の前に立って、キリストの祈りや、キリストからの自分への語りかけ、十字架上でのキリストの悲痛な叫びなどを聞いたのです。そして、キリストは、自分の罪のための身代わりの供えものになって下さったことを痛感したと思われます。ヨハネは、キリストがどのような救い主であるかが、それまではよく分かっていなかったようですが、キリストの十字架の前に立つことによって、キリストの十字架は、実は、自分のためであったと知るようになったと思われます。そして彼は「ここに愛があるのです」と知り、決して裏切られることのない真実な愛がここにあると彼は語るようになり、彼が90歳になる頃には、愛の使徒と呼ばれるようになっていったのです。同じように私たちも、生まれつきの自分の中には神への愛が無い者ですが、キリストの十字架によって示されている神の愛を知るに応じて、愛の人へと変えられていくのです。事実、神はどんな時にも、変わらず、私たちを愛して下さっているのです。なんとすばらしいことでしょうか。ですから、神は私を愛して下さっていることを知るようになることが、私たちの人生の中で最も貴重なことであるのです。

※前、高石聖書教会所属10年間お世話になりました。

人生において最も大切なこと！

「関西ハレルヤチャペル」牧師　小山敏夫

人生は、よく旅に例えられることがあります。人生という旅の目的はいったい何なのでしょうか。人はこの世に生まれ、それぞれに幸せを求めて人生の設計を描き葛藤しながら人生を送っていらっしゃるのではないでしょうか。人間は何のために生きて、どこへ向かっているのでしょうか。ところで神の言葉である聖書の中にこそ「人生の正しい目的」が記されているのです。世界のベストセラーとされている聖書は、最も人類に影響を及ぼした書籍とされています。アメリカの初代大統領ワシントンも「神と聖書なしに、この世を正しく統治することは不可能である。」と語り、第十六代のリンカーン大統領も「聖書はこれまでに神が下さった最上のギフトである」と語りました。この聖書には「あなたの若い日に、あなたの創造者（神）を覚えよ。わざわいの日が来ないうちに、また『何の喜びもない』と言う年月が近づく前に。」と言う箇所があります。これを書いたのは、最も栄華を極めたイスラエルのソロモン王です。

地位、名誉、知恵、富を欲しいままにした人物でした。このソロモン王でさえ晩年、自分の生涯を振り返って「空の空。伝道者は言う。すべては空……結局のところ、もうすべてが聞かされていることだ。神を恐れよ。神の命令を守れ。これが人間にとってすべてである。」とソロモン王が悟ったように、人間は神から離れては、確実な幸福を見出すのは困難であり、空《むな》しいものである。と結論に達したのであります。私たちの人生の終焉には必ずこの世を去る時が来ます。いま私たちが人生を送っているのは決して偶然ではなく、創造主である神様の愛とご計画に基づいて人生を送っているのです。人生において大切なことは「あなたの若い日に、あなたの創造者（神）を覚えよ。」とあるように、私たちの創造者（神）を受け入れ、心に据えることでありますす。続いて「神を恐れよ。神の命令を守れ。これが人間にとってすべてである。」とありますように、神様を敬い、命令に従って生きていくことが求められています。これが大切な人生の目的であります。どうか、かけがえのない人生を有意義な価値あるものとして送っていかれてはいかがでしょうか。

※日吉美代子当教会所属。別名、ヨシュアさんです。

「神のかたち」として生かされる

北九州市「門司港ハレルヤチャペル」前牧師　渡橋《おりはし》喜代佳

　聖書には「神は愛です」とあります。神様は、愛そのもののお方であられ、一方的に私たちを愛してくださり、私たちの真の幸福を願っておられます。たとえ私たちが神様を無視したり、神様に背いていたとしても、それで神様の愛が失われるわけではありません。私たちはどこまでも神様の愛の対象なのです。なんとすばらしいことでしょうか。

「神は人をご自身のかたちとして創造された。神のかたちとして人を創造し、男と女に彼らを創造された」（創世記一・二七）。

　人は、本来、「神のかたち」として創造されました。神様との愛の交わりの中で生き、神様のように栄光に輝く者、神様の栄光を現す者として造られたのです。

　また、人が創造された際に、男女の性別も神様が明確に定められました。男性も女性も、ともに「神のかたち」として、等しく神様の栄光を現すのです。

けれども、アダムが神様のご命令に背いて罪を犯したとき、彼に与えられていた栄光は去り、人はもはや「神のかたち」として生きることができなくなりました。罪が神様と人との関係を断ち切ってしまったからです。

「罪の報酬は死です」（ローマ六・二三）。

そのため、生まれながらに私たちは、「自分の背きと罪の中に死んで」いる者（エペソ二・一）となりました。肉体は生きていても、神様に対しては死んでおり、そのままでは滅ぶべき者となったのでした。

「神は、実に、そのひとり子をお与えになったほどに世を愛された。それは御子を信じる者が、一人として滅びることなく、永遠のいのちを持つためである」（ヨハネ三・一六）。

「神は、罪を知らない方を私たちのために罪とされました。それは、私たちがこの方にあって神の義となるためです」（Ⅱコリント五・二一）。

けれども、感謝なことに、神様は、私たちへの揺るぎない愛の故に、私たちの罪を取り除き、新しいいのちを与えて、私たちがまた「神のかたち」として生きることができるように完全な道を備えてくださったのでした。その道こそが、ご自身の御子イエス・キリストです。

主イエスは、十字架の上で私たちの罪、および罪がもたらすさばきも呪いも、すべてその身に負って死んでくださり、三日目によみがえられました。したがって、その主を信じるなら、私たちは今度は、神様の御目に「罪に対して死んだ」者（ローマ六・一一）、義なる者としていただけるのです。

すべては、人知を超えた驚くべき恵みと言うより他ありません。

「私たちはみな、覆いを取り除かれた顔に、鏡のように主の栄光を映しつつ、栄光から栄光へと、主と同じかたちに姿を変えられていきます。これはまさに、御霊なる主の働きによるのです」（Ⅱコリント三・一八）。

「神は、あらかじめ知っている人たちを、御子のかたちと同じ姿にあらかじめ定められたのです」（ローマ八・二九）。

神様のみこころは決して変わることがありません。主イエスを信じ、罪が赦され、永遠のいのちが与えられたなら、私たちは改めて「神のかたち」として生きることができるようになります。それは、全く新しい人生ではありますが、人としての本来の人生でもあります。神様との愛の交わりの中で、神様にお従いし、神様の栄光を現していくのです。

私たちは、神様の愛を知れば知るほど、神様への愛と人への愛が増していきます。たとえ、主イエスのようにへりくだることや神様にお従いすることが、最初は困難に思えたとしても、やがてそれは喜びとなり、自分の心からの願いとなっていくことでしょう。私たちの内で御霊が働いてくださるからです。

御子イエス・キリストをとおして、私たちに「神のかたち」としての人生をお与えくださった神様に感謝し、その大いなる御名《みな》をほめたたえます。

※三男日吉佑市と共に働く牧師先生

二〇二三年度　目標聖句
あなたは心を尽くし
いのちを尽くし、知性
を尽くして、あなたの
神、主を愛しなさい。
マタイ二十二章三十七節

著者が教会に生けた百合の花

世界中の富を得ても、永遠の命を得なかったら、何になろうかと

「佐賀久遠《くおん》キリスト教会」牧師 古賀弘敏

⑰イエスが道に出て行かれると、一人の人が駆け寄り、御前にひざまずいて尋ねた。『良い先生。永遠のいのちを受け継ぐためには、何をしたらよいでしょうか。」⑱イエスは彼に言われた。「なぜ、わたしを『良い』というのですか。良い方は神おひとりのほか、だれもいません。⑲戒めはあなたも知っているはずです。『殺してはならない。姦淫《かんいん》してはならない。盗んではならない。偽りの証言をしてはならない。だまし取ってはならない。あなたの父と母を敬え。』。」⑳その人はイエスに言った。「先生。私は少年のころから、それらすべてを守ってきました。」㉑イエスは彼を見つめ、いつくしんで言われた。「あなたに欠けていることが一つあります。帰って、あなたが持っている物をすべて売り払い、貧しい人たちに与えなさい。そうすれば、あなたは天に宝を持つことになります。そのうえで、わたしに従ってきなさい。」㉒すると彼は、このことばに顔を曇らせ、悲しみながら立ち去った。多くの財産を持っていたか

らである。

（マルコの福音書10章17～22節）

何をしたら（17節）

この人は、青年で、指導者で、また金持ちであり、誰もが羨《うらや》む存在です。それなのに、真剣に、身を低くして、イエスに尋ねました。それは、永遠のいのちの確信がなかったからです。

ですから、イエスを理想的な師と見て、良き答えが与えられ、それを実行したら、神の国（天国）に入ることができると考え、〝何をしたら〟と問うたのであります。

すべてを守って（20節）

イエスは神の戒めを示されます。19節は、モーセに与えられた十戒の人の人に対する戒めの部分です。青年は即座に〝すべてを守って〟いると答えました。それは神の戒めへの理解が浅く、違反が外側（行為）に現れていなければ、良しとする、人間的な標準に基づくものでありました。

神は、人の内なる動機、心を見られるのです。

欠けている一つ（21節）

イエスは、青年の誤《あやま》りを明らかにされます。これまで、彼は貧しい人々に施しをしていたでしょう。それは自分の生活に何ら影響しない範囲だったのです。ここで、イエスは彼の最も弱い場所に迫られました。それが〝すべて〟にあります。全部となれば大問題となります。このイエスの言葉が青年にとって致命的となりました。彼が財産（金銭）に強い執着心があったのです。

イエスは、19節を一言で、「あなたの隣人を自分自身のように愛しなさい」と言われ、ここに神の戒《いまし》めの精神が示されています。

悲しみながら（22節）

青年は、宗教の指導者であるのに、神よりもこの世の物（地位、名誉、財産）を愛する者であり、神の戒めを守ってきたという自負が打ちのめされ、自分の破れを知り、絶望して立ち去りました。それは、自分では財産を捨てる事のできない、永遠のいのちから遠い存在である自分を知ったからです。

この事を経なければ、永遠のいのちは判りません。この世の悲しみは死をもたらしますが、イエス・キリストの前に流す涙は必ず永遠のいのちへの喜びに変えられます。

この青年は、どのようにしたら良かったのでしょうか？

自分がこの世の物に執着する存在であることを心底認め、イエスの前に自分を投げ出せば、良かったのです。その場所でイエスの救いを無条件に受けることができたのです。

※佑市の義父にあたる

2009年12月孫の日吉伸介が教会でドラムの演奏。ドラムは10年間励んだ。（9歳の頃）

最も大切なこと

北九州市「門司港《もじこう》ハレルヤチャペル」牧師　日吉佑市

教会の方々を通して神様の愛を深く感じ、主イエス・キリストを信じ受け入れました。それを機に人生の目標や、自分が大切にする物事が大きく変化しました。そして、聖書を通して神様の愛を知るほどに、さらに余計なものが消えていきました。

今、最も大切に思うことは、神様とともに生きることです。

『神様とともに生きる』ことが人にとって最も大切で、最も幸せなことだと心から確信しています。私自身はまだ道半ばですから、その幸せを十分に受け取れてはいませんが、『神様とともに生きる』幸いをいくつか書きました。

・変わりゆく愛ではなく、完全な愛で私を愛してくださっている神様を、日々感じることができること。

・その愛を身に受けながら、私自身も神様と人を愛したいという思いが与えられること。

・赦せない思い、妬む思い、高慢な思い、醜い思いなど、罪の思いからきよめられ、心に喜びと平和が満たされる歩みへ変えられること。
・私を完全に理解してくださっている神様に全てを委ねることができること。
・必ず助け出してくださる、その助けを知ることができること。
・この世の中の力に対する恐れが取り除かれていくこと。
・愛する神様の思いと計画を知り、ともに働くことができること。
・神様と、そして全てのキリスト者達と一つとなる喜びを知ることができること。

思うようにいかない時も、病気で苦しい時も、誰からも理解してもらえない時も、誤解された時も、嬉しい時も、悲しい時も、月曜日の仕事の朝も、仕事で失敗したことも、家族と言い争った時も、情けない時も、悔しくて眠れない夜も『神様とともに生きる』中においては、すべてが恵みに変えられていきました。

この幸いは人の努力や才能で得ることはできません。ただ、主イエス・キリストによる十字架の死と、そして復活を通してのみ人に与えられるものです。

神様とともに生きる幸いを心から感謝しながら、今日も接するすべての人にこの愛を現していきたいと願っています。

この本を読まれる方が、この幸いをともに知ることができますように、心からお祈りいたします。

※日吉家三男

著者が教会に飾ったバラ

神の摂理《せつり》の中で

「神戸ひよどり教会」協力牧師　大嶋善直《おおしまよしなお》

1995年一月十七日に発生した阪神淡路大震災は、（当時）日吉美代子姉《しまい》に新たな信仰生活の決断をもたらしました。私の両親大嶋常治《つねはる》、まつ乃《の》は神戸市灘《なだ》区にて震災に遭《あ》い、住居全壊の中、九死に一生を得たのでした。御言葉《みことば》に「死の陰の谷を行くときも、私は災《わざわ》いを恐《おそ》れません、あなたが私と共にいて下さるからです。あなたの鞭《ムチ》とあなたの杖《つえ》、それが私の慰《なぐさ》めです」憐《あわれ》み深い神は共にいまして、お守り下さいました。当時両親は、神戸フィラデルフィヤ教会の二階を住《す》まいとしていましたが、教会は全壊でした。その後大阪府内の教会牧師が、婦人集会のゲストスピーカーに、両親を迎えて下さり、その席に日吉姉も集《つど》われていました。神の奇《くす》しきご計画という他ありません。「神を愛する人々、即ち神のご計画に従って召《め》された人々のためには、神がすべてのことを働かせて益として下さることを、私たちは知っています」（ローマ人への手紙八章28節）。父は数年前から神戸市長田区の極東聖書学院の校長を仰《おお》せ付《つ》かり、昼働きながらの夜間神学校の為に自らも、旧約神学を始《はじ》め、パウロ書簡等の学課を受け持ち、牧会と教職との労を取っていました。86歳の高齢ではありましたが、数々の病《やま》いを克服し、震災からも守られ、福音宣教《ふくいんせん》の使命に献身する弟子養成に励みました。日吉姉《しまい》は私の父との出会いの中で、神はその身を神に捧げてお仕えする信仰の決断を、お与えになられ、１９９６年4月に入学されました。若き神学生たちと共に学び、訓練の時を過ごされた4年間は、「実に忠実な、そして熱心な神学生であった」と亡き父が校長としての感想を述べておりました。２０００年3月、４年間の学びを終えて、卒業式には私も出席し、全員喜びに満ちて輝いていました。現在極東聖書学院は「日本キリスト神学校」と改名され、都合で休校中です。伝道師に任命された日吉先生はじめ、卒業生たちは全地に散らばって、主に仕えておられると確信致します。

※前「神戸フィラデルフィヤ教会」牧師

日吉美代子2000年3月21日「日本キリスト神学校」卒業式
前列左から前学院長大嶋常治（91歳）。当時学院長尾山令二（73歳）
1人おいて日吉美代子、右は松平理事長
（入学式は7名で、卒業式は2名であった）

約束の虹

北海道北見市「北見神愛キリスト教会」牧師　長男・日吉成人《ひよししげと》

先月末（2011年9月末）、私の両親と姉弟とその家族が北見を訪れ、大阪を中心に、九州、沖縄からも、合計16人、北海道の私たちを含めて18人、私たちの教会で2泊3日を共に楽しく過ごしました。

最終日は飛行機の時間もあるので、近場の大空町の朝日ヶ丘展望台と網走の「はな・てんと」に行ってきました。実は私たちも初めての場所だったのですが、Oさん夫妻のご推薦の通り、とっても眺めの良いところでした♪（Oさんご夫妻は、布団を5セット貸して下さり、何よりもこの期間、私たち家族の交わりのために祈ってくれていました。私たちは感謝な思いでいっぱいです）

朝日ヶ丘展望台で、ヒマワリ畑を期待していたのですが、数日前の台風で倒れてしまっていました……残念。台風で飛行機が飛ばないかもしれないという恐れもあったので、無事に北海道に着いたことだけで良しとしています。

さわやかな風を感じながら、みんなで素晴らしい広大な眺めを喜んでいました。年下の義兄は「近くにこういう所があればしょっちゅう行きたい」、と言っていました。何もないところって良いんですね～。

途中、メルヘンの丘で集合写真を撮りました。以前に何度かその前を通った時、「こんなところで写真を撮る人いるの？」と思っていましたが、私がしっかりとカメラマンを務めました。（笑）

両親と姉弟たち、そしてその家族が共に集まって北海道の北見で礼拝を捧げる、このことは私の計画になかったことです。本当の兄弟だから口に出しては恥ずかしくて言えないのですが、姉がメールで「礼拝も良かったよ」、沖縄の弟が手紙で「メッセージも生涯忘れることはありません」と書いて寄こしました。ホントかな？？？（笑）

家族のことで、他の人に言えないことも無いわけではありません。また家族同士だからこそ言えることもありますし、本来言ってはいけないことを言い過ぎることもありますし、言ってしまうと駄目になることもあるでしょう。（ヤヤコシイですね・笑）

聖書の登場するアブラハム、イサク、ヤコブの家族もいろいろあります。いやそれこそアダムから始まって、模範的な家族などほぼないものです。聖書は模範的な家族像を私たちに押し付けようとしているのではなく、むしろ家族のホコロビから、そこから神の愛が沁み出てくることを、神を信じる者に教えているように思うのです。

基本的に、人は両親を選べません。兄弟も子どもも選べません。私たちの選択不可のことがらは、神様の特別な配慮の中でなされたことです。だからその神様を信頼していく時、神様の思いを見させて頂けるのでしょう。

私は、今年（２０１１年）の９月末、こんな日が来るとは思いませんでした。またこんな日を神様が計画してくれているとは思ってもいませんでした。Ｉコリント２章９節を思い起こします。「目がまだ見ず、耳がまだ聞かず、人の心に思い浮かびもしなかったことを、神は、ご自分を愛する者たちのために備えられた」

図らずも16人が北見を訪れたその日は、私の39回目の誕生日でした。神様はその日、素晴らしい約束の虹を教会に架けて下さいました。(正確には、虹が教会に架かる場所で写真を撮りました)

数ヶ月前、父が脳内出血のためにＩＣＵに運ばれた時、「9月の旅行は無理かなぁ」と思っていました。それでも少し歩きにくそうな左半身でしたが、神様は無事に回復を与えて下さいました！　父は、今月（２０１１年10月）70歳を迎えます。忘れられない素晴らしいプレゼントを神様から頂きました。

「言葉では言い尽くせない贈り物について神に感謝します」Ⅱコリント9：15

blog「北の大地で星を数えながら」（２０１１年10月8日）より

もてなす姿

関西ハレルヤチャペル副牧師　小山栄治

私のことをご存じない方が多いかと思いますので、自己紹介と日吉美代子先生との関係について紹介したいと思います。

私は大阪府堺市にある関西ハレルヤチャペルで副牧師をしており、その教会で日吉美代子先生とともに信仰生活を送らせていただいております。

日吉美代子先生との出会いは、私の中学生時代まで遡ることになります。ご自身のお子さんと同世代の私に目を留めてくださり「私の家に家庭教師が来て勉強を教えているからおいで」と誘ってくれたことがきっかけでありました。

それから週に数度、先生のご自宅に通うわけですが、そこで私は衝撃的な経験をすることとなったのです。それは「先生のもてなし」であります。

勉強が始まる際に「お腹がすいてたら集中できないから」と軽食を用意してくれ、休憩中にはお菓子を並べ、勉強し終わったら「夕食食べていきぃ」と家族の団らんに加えていただきました。私は子供だったので十分なお返しもできないにもかかわらず、見返りを求めず、まるで我が子に接するかのような施しの姿に、感動と衝撃を受けたわけで、このような体験が高校受験を終えるまでの約1年続くこととなったわけです。

そんな施しを欠かすことのない先生の人生は順風満帆な道を歩むというよりも、苦労の道を辿られたようであります。なかでも、自宅が全焼寸前だったり、ガンを患ったりという、人生が変わるほどの大変な問題にも直面されたわけでありますが、そんな苦難の最中にあっても、施しやもてなしの心を忘れずに続けられた事に対して、神は報いてくださり、結果として新しい土地と家が与えられ、ガンは治療せずとも完治するという体験をされたわけであります。

「与えなさい。そうすれば与えられます」という聖書の言葉は真実であり、惜しまずに施すものを神は必ず祝福してくださることを、先生は生き字引のように体現されたわけであり、私にとっても貴重な学びになったことは言うまでもありません。

※笑顔の素敵な若き副牧師です。

人生にとって一番大切なこと、知らなければならないこと

「やすらぎの介護　シャローム（株）」総施設長　太田渉《わたる》

ある日の出来事、突然のように原稿の依頼があった。少しの戸惑い、それ以上に何か楽しさを感じ引き受けることとなった。

その日は、妻の誕生日でもあった。原稿の依頼と共に今日が妻の誕生日であったと知った。たまたま時間があり昼食にランチでもと誘い、ランチ先は妻の希望するところに行っていた。今年で何回目だろう妻の誕生日を忘れるのは…………

人生にとって一番大切なこと、知らなければならないこと。

「妻の誕生日」と言いたいところ、だが今回のテーマは「一番」と付いている。

大切なこと、知らなければならないことはたくさんある。

反対にごく稀に、知らなかったほうがよかったこともあるのだが……

一番大切なこと、そして知らなければならないことは何であるのか?

原稿を依頼されたときにすでにこれしかないと心が定まっていた。

さて、私はそろそろ人生の半世紀を迎える。そう考えるとしみじみと「おじさん」になったなと思う。若い時から何かに熱中しやすい性格（体質）で、ある人に言わせれば「猪突猛進」。これと思うと、それ以外のことは放って熱中する。あることに目覚めると途端に視野が狭くなり周囲が見えなくなる。近視眼的になるようで、実際の視力も近眼、最近は老眼も入り始め近眼で老眼、近くしか見えないのに近すぎるとそれはそれで見えない。もしかすると性格（体質）も近視眼・老視眼になっているのではないかとふと思う。

老視眼っていったいなんだろうか？　本題からそれるのでその追及は中止とする。熱中してきたものには大切に思うことがあった、本気で燃えるもの、それに命を懸けるぐらいの意気込みもあった。

なんだか理由は分からないがサッカーに情熱を燃やし燃え尽き。ファッションに人生を掛け燃え尽き。今は木工、ギターかな……

それぞれに大切なことから人生の法則みたいなものを学んでみたり、人間関係を学んだり自分自身を知り自分の未熟さや限界を知る、人生を生きるに大切な経験があった。

他にも人生に大切なことがある。「家族」「友人」「師」であったり「お金」であったり「名誉」や「地位」もある。考え始めればやはり大切なものはたくさんあると改めて思う。

一方で知らなければならないことに自分自身を知ることは重要である。

アイデンティティというのか、自分でわかっている自分と他人から見た自分がおおよそ合致していると苦労はない。

どうも自分で思う自分と傍から見られている自分とが違うことがある。「猪突猛進」と言われることも自分では「極める人」と思っている。

そう言えばなんだか恰好の良いものだが、結構本気で思っているときがあったし今もややある。

周囲にとってはイノシシか人間かの違い以上にかなり迷惑な違いかもしれない。

しかし、そのような評価ではない方がいる。それが「わたしをつくり、わたしを愛し守り救い導いてくださる生ける誠の神様」である。

「わたしの目には、あなたは高価で尊い。わたしはあなたを愛している。」イザヤ書43：3を始め、聖書を読むと神様がいかに私のために尽くしてくださっているかがわかるようになった。しかもこの神様の思いは全くの無条件である。無条件どころか、神様ご自身の一人子（イエス・キリスト）さえ惜しみなく私の救いのために犠牲とさ

料金受取人払郵便

新宿局承認

7552

差出有効期間
2024年1月
31日まで

（切手不要）

郵便はがき

1 6 0-8 7 9 1

1 4 1

東京都新宿区新宿1－10－1

(株)文芸社

愛読者カード係 行

ふりがな お名前		明治 大正 昭和 平成 年生 歳	
ふりがな ご住所	□□□-□□□□		性別 男・女
お電話 番 号	（書籍ご注文の際に必要です）	ご職業	
E-mail			
ご購読雑誌（複数可）		ご購読新聞 新聞	

最近読んでおもしろかった本や今後、とりあげてほしいテーマをお教えください。

ご自分の研究成果や経験、お考え等を出版してみたいというお気持ちはありますか。

ある　ない　内容・テーマ（　　）

現在完成した作品をお持ちですか。

ある　ない　ジャンル・原稿量（　　）

書　名				
お買上 書　店	都道 府県	市区 郡	書店名	書店
			ご購入日	年　　月　　日

本書をどこでお知りになりましたか?
1.書店店頭　2.知人にすすめられて　3.インターネット(サイト名　　　　　　　　)
4.DMハガキ　5.広告、記事を見て(新聞、雑誌名　　　　　　　　)

上の質問に関連して、ご購入の決め手となったのは?
1.タイトル　2.著者　3.内容　4.カバーデザイン　5.帯
その他ご自由にお書きください。
(　　　　　　　　　　　　　　　　　　　　)

本書についてのご意見、ご感想をお聞かせください。
①内容について

②カバー、タイトル、帯について

弊社Webサイトからもご意見、ご感想をお寄せいただけます。

ご協力ありがとうございました。
※お寄せいただいたご意見、ご感想は新聞広告等で匿名にて使わせていただくことがあります。
※お客様の個人情報は、小社からの連絡のみに使用します。社外に提供することは一切ありません。

■書籍のご注文は、お近くの書店または、ブックサービス(0120-29-9625)、セブンネットショッピング(http://7net.omni7.jp/)にお申し込み下さい。

れた。

わたしが神様のために何かをしたわけでもないのに、無条件で。

読者の中にはキリスト教や信仰の話となると敬遠される方もいらっしゃるであろう。

今回の主題は「人生にとって一番大切なこと、知らなければならないこと。」

キリスト教の在り方や信仰の持ち方ではなく、一番大切なこととして「神様がおられること」ただそれだけを紹介したい。

神様を一番大切にする人生はどのようなものか？　素晴らしい人生を送れると言いたいところだが、自分が素晴らしい人生を送るために（条件）神様を信じる（愛する）のは神様とて何か寂しいものがあると思う。

無条件にわたしを受け入れてくださる方に損得勘定なしに無条件に信じ（愛し）信頼するものでありたいと願う。

このような者の人生にも問題や悩みがあり、不安や苦しみもある。

しかし神様に祈り、より頼むとき、全く予期せぬ方法で助けられたり、あるいは不安に立ち向かえる勇気が心の奥から湧いてくる。さらに一人の人間としての成長がある。不思議なものである。

さて、「神様がおられこと」以外にも人生の中には、大切なこと・知らなければならないことが沢山ある。
優先順位をつけるとすれば、妻の誕生日は何番目だろうか?
2番以降については、今回はファジーとし賛美で締めくくりたい。

「どんなに　さびしいときにも
どんなに　かなしいときにも
イエスさまがいちばん
イエスさまがいちばん!
たとえそれが　どんなばあいでも
イエスさまがいちばん
イエスさまがいちばん!(なあぜ?)
だって　イエスさまは　かみさまだもの
だって　イエスさまは　かみさまだもの」
※故太田多聞《たもん》牧師　次男・日吉家娘婿

出会いがもたらす祝福

関西ハレルヤチャペル牧師夫人　小山良子

人生は出会いで始まり、出会いの数だけ繋がる輪も広がっていく。約三十年前嬉しい出会いがあった。某キリスト教会で、明るく快活な日吉美代子さんと出会った。通称美代子先生。彼女は情に厚く一人暮らしの高齢者を思う心は生半可ではない。相手を思いやり支える労力は惜しまない。彼女の信仰生活に今日も大いに刺激を受けている。

彼女に出会う数十年前私はイエス・キリストに出会った。終戦から数年経って私は母の胎に宿った。九人家族に生活の余裕はなく子供たちの腹は満たされることはない。父は私の出産を拒んで随分母を苦しめたが、母は全てを注ぎだして私の命を守ってくれた。誕生と同時に味気ないモノトーン人生が始まり、時とともに素直さを欠いた心は次第にねじれ憎しみの連鎖も続いた。生きることに疲れ人生を諦めかけたとき、ラジオからイエス・キリストを伝える福音放送が流れた。その日からラジオが手放せなくなった。「すべて疲れた人、重荷を負っている人はわたしのもとに来なさい。わたしがあなたがたを休ませてあげます。」イエス・キリストのゆるがない確固たる言葉で冷めた私の心に希望が宿った。不安と恐れに縛られた魂に、イエス・キリストの言葉が優しく触れた瞬間だった。その時初めて心の奥底から安心を知った。生きていいんだ！　涙が止まらなかった。目に見えない闇に人生を乗っ取られ振り回されてきたが、イエス・キリストの言葉に触れて心が大きく動いた。救い主イエスを信じて全ての罪が赦され永遠のいのちの保証まで頂いた。

永遠に続く最上の希望に感謝！　私はキリストに出会い正真正銘人生が変えられた。死から命へ。闇から光へ。失望から永遠に続く希望へ。ハレルヤ！「どうか、希望の神が、信仰によるすべての喜びと平安であなた方を満たし、聖霊の力によって希望にあふれさせてくださいますように。」ローマ15：13聖書

※別名ハンナさん（旧約聖書の祈りの人の名にちなんで）。

恵みの人生を振り返って

大山寛子（90歳）

二〇二三年卒寿を迎えるに当たり私のこれまでの人生を振り返り、今も生きて働かれる神様の計りしれないご愛と奇しいお導きとを思わされ、心からの感謝をもって証言させていただきます。

わたしを母の胎で造られたお方、天地万物の創造主、私の救い主なるこの神様によって今日まで生かされてあること自体奇蹟という他ありません。

「人の道はその人によるのではない」との聖言通り、私にとっての善きにつき、悪しきにつき、その道行には、神様のみ旨が成っていることを強く思わされています。

ここに至ります迄には大きな山場だったと云える事柄が三つ程ありました。

一つ目は薬局開設に際し駅前の一等地と云える場所に意気揚々と移転したものの、薬事法にひっかかり不可能となり全財産を投じ又多額の借金の為落胆甚だしかったこと。二つ目は同胞を救急車で運んでいた折、軽トラックと衝突、辛うじて一命をとりとめましたが、左眼が失明したこと。三つ目は、私の希望の星であった長男の突然死に遭偶したことでした。

この他これ迄の長い旅路には大なり小なり失望し困難、悲嘆にくれる等数々の試練は幾度もありました。しかし、イエス様はその都度それらに勝たせて下さり更にお恵みをも贈りました。一回目の薬局経営の件はシャットアウトされ失望のどん底を味わされましたが、それに引き替え学習塾経営という予想だにしなかった道が開かれたのでした。約四〇年余りにわたり活気を呈した塾でした。これが私に対する神様のご計画だったのです。二回目の交通事故の件では、衝突時、助手席の背もたれ後ろに顔面をぶちつけ気を失いかけました。その瞬間、心の中で「イエス様。これまでの人生有り難うございました。」と御礼を云ったのを覚えています。しかし気がついたら運ばれた病室は豪華なホテルの一室のような部屋。痛みもなく優雅な入院生活でした。日頃学習塾で忙しく立ち働いていた私、神様は右眼を残し神様と向き合う時間をたっぷり与えて下さったのでした。失明したことを忘れる程、素晴らしい神様との時を過ごさせていただいたことは筆舌に尽くし難い程です。「静まってわたしこそ神であることを知れ。」（詩四六：10）神様を他所《よそ》に自分で頑張っていた私を目覚めさせて下さいました。

約一ヶ月間の私の入院中、塾は夏期講習の最多忙期、各教科の講師と共に長男の嫁が三歳の娘を連れて東京から来阪、私の英語の授業を担当してくれました。又家事全般は次男が引き受けこなしてくれました。夫と娘は別々に入院、そのような中、神様は穴を空けることなく助け舟を適材適所に送って下さり難なく予定通り終えることが出来たのです。神様の御憐み、慈しみ、又責任をもって導かれることを痛切に感じさせていただきました。三回目の長男の件では、連絡を受けた時、私はショック死するのではと思う程、呆然と立ちすくみました。後程示されたことでしたが「あなたの理解しがたいことを受け入れ神様のみに信頼し期待しなさい。」とのみことば。神様は私の心の奥深い所をよく見透かして居られました。「あなた方を試みるために降りかかってくる火のような試練を何か思いがけないことが起こったかのように驚きあやしむことなく、むしろキリストの苦しみにあずかればあずかるほど喜ぶがよい。」（Ⅰペテロ四：12、13）

大山家ではクリスチャンの初穂であった彼は今天国に於いて神様に精一杯お仕えしていることを思わされた時、現状を肯定することが出来ました。彼の愛唱　讃美歌三三八の中の歌詞、「主よ、終わりまで仕えまつらん。主よ、僕《しもべ》となりて仕えまつる。世にある限りこの心を常に変わらずもたせ給え。」長男にも頼る所があった私に神様だけに頼れと、純粋の信仰を求められたのでした。神様のこのご愛、本当に身に沁みました。

この世の悲哀は私たちを神様に向かわせるものであることを重々知らされました。これらの試練を通してのみことば「わが子よ、主の鍛錬を軽んじてはいけない。なぜなら、主は愛する者を鍛え、子として受け入れる者を皆鞭打たれるからである。この霊の父はわたしたちの益となるように御自分の神聖に与らせる目的で私達を鍛えられるのです。それは義と平和に満ちた実を結ばせるのです。」（ヘブライ人への手紙十二：5、6、10、11）試練を耐え忍ぶ人は幸いです。その人は適格者と認められ神を愛する人々に約束された命の冠をいただくからです。（ヤコブ一：12）とあります。

人生は本当にドラマに満ち満ちて居ります。

私は今春（二〇二三年）千葉県へ移住が予定されています。半世紀以上にわたり住み慣れた大阪の地をこの年齢になって離れることは大いなる決断を要しましたが、神様のお導きはすべて最善であることを思うとき「その置かれた場所で神様のみにより頼みつつお仕えさせていただきます。」と祈るばかりです。神様のご摂理、ご介入、不思議なお導きを覚え、御名を心から誉め称えます。今後も神様のドラマ、シナリオに沿って歩み、信仰の創始者であり完成者であられるイエス様を仰ぎ見つつ、私の残された生涯を神様の秘められた計画である愛し合う世界造りの一員として貢献して参りたく思っています。主に栄光がとこしえにありますように。

※35年来の信仰の友

神と共に歩む

介護シャローム（株）副会長　俣木聖子《またぎせいこ》

13年前から「なでしこ祈祷会」は始まった。毎月一回だ。そこで祈るのは、私の夫が23年前に創業した介護の会社のことである。メンバーはシルバー三人である。深刻な内容が多かった。会社の深部に関わる外部に漏れては困る内容の祈りだった。ここに持ち出して祈ると道が開けた。お祈りをする時は、まず罪の告白をして、感謝をする。日吉先生の勧めだ。信仰とは絵に描いた餅《もち》ではないこと。日吉先生の日々の生き方はイエス様を見習え、即行動だ。自分が手にされた金銭はまず、イエス様に使い道を問う。示されたならば惜しまず捧げる。強いられてでなく、自ら喜んで捧げる。金銭だけではない。時間、健康、自分に与えられた賜物をすべて神様の御用のために用いておられる。

私は20年間母の介護をした。介護に疲れて信仰の狭間で葛藤していた。日々平安も失せていた。日吉先生はここ10年間「要介護2」の御主人の介護をされている。特に深夜は何度も起きてケアされる。下着の交換、うがいをさせて水分補給も欠かさずに。お父さんが気持ちよさそうに寝ると、ほっとして、感謝の祈りをされるそうだ。「お父さんが今まで家族の為に労して頑張って下さったので、私も全力を注いで悔いのないようにと頑張っています」と話される。介護をされていても葛藤などないのだ。イエス様と共に生きている。眠さも体の疲れもイエス様が共にいたら全てが賛美に変わるのだ。

人生の歩みの日々、泣きたい時、こらえがたき時もあろう。その時、頼るべき方、信頼すべき方が共にいて下さるから力強いのだ。

「人はパンだけで生きるのではなく、
神の口から出る一つ一つの言葉による」

この聖書の言葉が私には、なくてはならぬものである。

※読売・日本テレビ受賞作品「花、咲きまっか」他著書多数。
来年一月から月刊誌に介護体験の連載予定。祈りの友。

人間にとって一番大切なこと、知らなければならないこと

関西ハレルヤチャペル伝道師　日吉美代子

（一）「本物を知る」

大切なことと、知るべきこととは表裏一体です。現代社会は本物と偽物《にせもの》とがはびこっています。それは本物が素晴らしいからです。偽物《にせもの》のブランド品が出回《でまわ》り、品物だけでなく人にも及んで、オレオレ詐欺《さぎ》も息子や孫と偽《いつわ》って被害が絶えません。しかしことと神に関しては、生か死か、天国か地獄かの相違ですから大変です。ではどのように見分ければよいのか。自然界をご覧下さい。天を仰《あお》げば宇宙が星座が、オーロラが、さらに下界に目を移すと、山々と原生林、大海原と島々、湖や川、これらは人が造《つく》ったものではありません。万物の創造者がおられるのです。又、本物の神は死んだままではありません。よみがえりの力を持って復活されたお方です。全知、全能、全地の主権者です。アルファ（初め）であり、オメガ（終わり）である神は、この歴史

を作られやがて歴史を閉《と》じられます。『この天地は滅《ほろ》びます。しかしわたしの言葉は決して滅《ほろ》びることがありません。』と語られるお方を知るのです。

(二)「自分の存在の目的を知る」

自分は何のために生きているのか。人はこのように考える時があります。回答を得ようとして、哲学文学宗教その他を探求しますが見出せません。しかし人間をも造《つく》られた神ならご存知です。『わたしの名で呼ばれるすべての者は、わたしの栄光のために、わたしがこれを創造し、これを形造《かたちづく》り、これを造《つく》った。』と。では「栄光」とは何でしょうか。原語はGlory《グローリー》です。神の顕現《けいげん》と力、臨在を示し、旧約（キリスト以前）では神の啓示の内容が栄光でした。新約（キリスト降誕後）では神の栄光がキリストに移され、キリストは栄光の王と呼ばれます。神が栄光の存在であるのです。キリストは聖《きよ》いお方であられ、愛に富み慈《いつく》しみ深く憐《あわれ》み深く、善なる方、誠実と真実、恵みと、まことに満ちた方、義と平和をもたらす方、このような素晴らしいご性質に預《あずか》り、キリストに似た者になるように、それは神に似せて人が造《つく》られたので、神の子となって輝く人生を神の為に過ごすようにと、目的をもって造《つく》られたのです。神に栄光を帰すことが目的であることを知るのです。

（三）「罪について、義《ぎ》について、裁《さば》きについて知る」

神を知ると、罪について知ります。神はきよいお方なので罪についての解決としてキリストを世に遣《つかわ》され、罪のない方を私たちの身代わりに罪とされ十字架上にて（血は血をもって贖《あがな》う）、血の代価を払っていけにえとなって下さいました。アダムとエバの原罪と祖先の罪の血が流れており人は生《うま》れながらにして罪人《つみびと》なのです。キリストこそが罪の赦《ゆる》しの権威を持っておられる救《すく》い主《ぬし》です。人が救われるには、自分の罪を認めて罪を悔い改め、罪を神の御前で口《くち》で告白し、罪の生活（自分中心）から離れ、キリストの十字架を信じ、心の中に受け入れて祈ります。神のみ心《こころ》は私たちがきよくなることです。『私たちはキリストの内にあって、御子《みこ》の血による贖《あがな》い、即ち罪の赦《ゆる》しを受けているのです。』『信仰によって義と認められた私たちは、キリストによって神との平和を持っています。』罪は過去に属し、義は現在に属し裁《さば》きは未来に属します。紀元前の人々も神の裁きについて知っていました。神は正義をもって世界を裁かれることを私たちは知るのです。

(四)「神の愛について知る」

私が受けるべき罪の刑罰の身代わりとなって罪なき血を流して下さり十字架上で死にて葬《ほうむ》られ、私が入《はい》るべき「よみ」の暗闇《くらやみ》に三日間過ごして下さった、返すことの出来ない程のキリストの愛を感謝します。神の愛は紀元前より人類に語りかけてきました。『わたしの目にはあなたは高価で尊《たっと》い。』『永遠の愛をもって、わたしはあなたを愛している。』『花婿が花嫁を喜ぶように、あなたの神はあなたを喜ぶ。』紀元になりキリストの語りかけは、『最も大いなるものは愛である。』『互いに愛し合いなさい。』と。愛の定義として世界中で語られる言葉では、『愛は寛容《かんよう》であり、愛は親切です。又《また》人を妬《ねた》みません。愛は自慢せず、高慢になりません。礼儀に反することをせず、自分の利益を求めず、苛立《いらだ》たず、人がした悪を心に留《と》めず、不正を喜ばずに、真理を喜びます。すべてを耐《た》え、すべてを信じ、すべてを望《のぞ》み、すべてを忍《しの》びます。愛は決して絶《た》えることがありません。』自分を吟味してみる時、愛の欠如を知り、神の愛を知るのです。

(五)「審判の確実性を知る」

『人間には一度死ぬことと死後に裁《さば》きを受けることが定まっている。』善人と悪人の両方の審判があるということは人間の良心によっても暗示されています。神は何故裁《さば》きを行なう必要があるのでしょうか。万民の審判者であり、神の方法で人々を扱《あつか》うことによって、神の公義を示す為に審判の権威をキリストにお与えになられました。この事実について神はイエスを死人の中から、よみがえらせ審判の確証をすべての人に示されたのです。歴史の中でも神は全地をゆり動かされました。紀元前罪に満ちた、ノアの時代、大洪水をもって、全地を一掃し、不道徳に満ちたソドムとゴモラの町(中東地方、イスラエルの南、死海の地域)を、火をもって滅ぼし、預言どおりに偶像に満ちた、エジプト帝国、アッシリヤ、バビロニヤ、ペルシャ、ギリシャ、ローマ帝国を廃墟と化しました。『わたしの民は知識がないので滅《ほろ》ぼされる。』黙示録は今後起《むこ》る預言の書ですが、すべての者がキリストの御前に立つ日の場面が記述されています。「最後の審判」の警告を知ることです。

（六）「永遠について知る」

あなたの不滅の魂《たましい》は永遠をどこで過ごされますか。永遠について考えたことがありますか。永遠は時間をも支配する神のみがもって、神の永遠性は時間を超《こ》えています。時間の終わりに人間は永遠である神との深い交《まじわ》りによって、「永遠の命」に生きるのです。「永遠の命」は神による「救いの祝福された命」であり、キリストの「贖《しょく》罪《ざい》による命」であり、「キリストの復活によって確証された命」です。世界中の富を自分のものにしても、「永遠の命」には代《か》えられない、尊いものです。神が強調しておられるのは、キリストにある罪の赦し（十字架）、体《からだ》のよみがえり（復活）、「とこしえの命（永遠の命）」なのです。神は人類に警告を与えておられ、来たるべき永遠に備《そな》えるよう永遠について３４６回の言葉で語っています。永遠の神は栄光に輝いて「永遠の救い」、「永遠の命」、そこにある「永遠の資産」、「永遠の御国《みくに》」を「永遠の愛」で私共の為に備《そな》えて下さっています。もう一つの永遠には神はおられません。そこは、永遠の裁《さば》き、永遠の滅《ほろ》び、永遠の火の刑罰、永遠に昼も夜も苦しみを受ける世界です。待ち受ける永遠を知りましょう。

（七）「祝福に満ちた希望を知る」

祝福に満ちた希望とはキリストの再臨です。今後起《お》こるべき世界の出来事は、キリストの再臨です。その日キリストはご自身、天から雲に乗《の》って、炎《ほのお》の中に御使《みつか》い達を従えて、権威と輝《かがや》かしい栄光を帯《おび》て来られます。世界中の日が彼を見ます。キリストが号令すると、墓の中にいる聖徒が聖霊の力によって携《たずさ》え挙《あ》げられます。地上にいる聖徒は、まばたきの瞬時に朽《く》ちない体、栄光の体に聖霊の力により、よみがえり、変《か》えられて雲の中に引き挙《あ》げられます。空中でキリストとお会いします。これが世界中で起《おこ》る「携挙《けいきょ》」です。アメリカでは、この携挙を描《えが》いた映画「レフト・ビハインド」（No．1〜3）を私も観賞しました。地上にクリスチャンがいなくなって教会も空《から》になり、混乱が起《おこ》ることでしょう。キリストの再臨がなければ、キリスト教の一切は無益であり、救いの希望もないのです。キリストの栄光の輝きによって、栄光に預《あずか》る者とされ、栄光から栄光へとキリストに似た姿《すがた》とされ、いつまでも主《キリスト》と共にいます。主の再臨は、栄光の望《のぞ》み、栄《さか》えある希望であり、神の確かな約束と御国《みくに》の保証であることを知りましょう。

—完—

2000年3月　神学校卒業の朝　自宅庭にて
日吉美代子

第二部　「もう時間がない、しかし彼方には希望がある」

①「先祖のこと」

私の父方の先祖は、平家の落武者らしいと聞かされた。子供ながらに頷《うなず》けるところがあった。ひい祖父は兵庫県の明石《あかし》の海で漁師をしていたが、平家は海に長《た》けていたから、それも頷《うなず》けた。明治時代親族一同は、漁師から一旗揚《ひとはたあ》げたいと大望を抱いて、山口県下関へと移住する。霊は霊を呼ぶというが、然《さ》も有《あ》りなん、この地は源平合戦の壮絶な戦いの場である。折《お》りしも、ひい祖父は30歳で若死《わかじに》した。彼の甥っ子がリーダー格となる。祖父は下関で結婚し父が誕生して私は戦争中に生まれる。一族は船を持ち、朝鮮海峡へ出かけて漁をしていたが、次第に世界の果てまで遠征するようになる。南極海で鯨を捕《と》るようになった。その賑《にぎわ》いは記録によると、1957年には母船を中心に捕鯨船や冷凍船など、約20隻で組織された大船団が、全国各地の基地を出港し南氷洋へと向かい、乗組員は1，500名いた。「船上生活は11月から翌年4月まで続いて、南氷洋は白夜で夜がないので24時間鯨《クジラ》を捕り続け、寝る暇もなかった。」(文芸社『大洋ホエールズ誕生！』参照) とある。平家の落武者の末裔《まつえい》は近代にあってその才能を漁業で花咲《はなさ》かせたようである。

②「一族のこと」

一族は山口県下《か》の長者番付で名を連《つら》ねるが、私の祖父の名はそこには載っていなかった。戦後の時代小学生だった私は秘《ひそ》かに、そんな事情を知るのである。祖父は一族の中でも、事業経営に関心を持たず、学問好きで机上の人だった。もっぱら親族の子弟たちの家庭教師となり、勉学や書道や英語を教え、東京から書籍を取り寄せては、読書三昧の生活を送り、節制勤勉をモットーとしていたようだ。物静かで柔和で怒《いか》らず、私は半紙を与えられ、書を習い、毎月本を買い与えてくれ、筆箱《ふでばこ》の鉛筆はいつも丁寧に削られ、着物姿の好好爺だった。

一方で他の一族の生活振りは、平家の華《はな》やかさに似る。源平合戦の壇之浦《だんのうら》の海岸から遠くない山手の、昔の大名屋敷跡に大邸宅を構え、一万坪の敷地の周囲は樹木に囲まれ、南北に門があり、ボートが乗《の》れる池には太鼓橋が架《か》かり、橋を渡ると離れ座敷は茶室である。幼い頃祖母に連れられて、訪問したが、家族は子沢山で女中に囲まれ、賑《にぎ》やかであった。

③「一族の二代目、三代目」

『パリ燃ゆ』『大菩薩峠《だいぼさつとうげ》』の著者、仏文学者の大佛《おさらぎ》次郎著で、一族のオーナーの自伝が昭和30年頃、我が家に届いた。13歳の私が読んだ記憶では、ひい祖父が登場して我がルーツを知る。

事業の歴史の中で水産日本の一大基地として、下関は東洋第一の工場があり、冷凍冷蔵製氷の設備を備え完成させた。１９４７年（昭和22年）に天皇陛下の御視察に浴したとある。オーナーの長男は下関支社に留《とど》まり、次男は東京本社へ。三男は下関工場で、それ々に栄えた。長男は一般大衆のお客さんへ御恩《ごおん》返しがしたいとプロ野球の球団を持つことになる。１９４９年（昭和24年）のことであった。球団には莫大な費用がかけられたようだ。昭和30年代に優勝した時は、市民全体が喜びに沸いてパレードの行列を覚えている。三男はゴルフに興じ、20万坪のゴルフ場を持ち、その息子はアマとして活躍したが、２００１年訃報を新聞で知る。現在我が弟たちは毎年、名古屋、大阪、広島から、ふる里の、そのゴルフ場へ行って楽しんでいる。

④「私のふる里のこと」

若い頃吉川英治の『新平家物語』を親しく読んだものである。彼の描《えが》く清盛像は好ましく親しまれた。「神戸港は清盛が開港したとは、良いことをしてくれたんだ。私に長男が誕生したら清盛と名付けよう。」単純にそんなことを夢見《ゆめみ》る乙女であった。20年前ふる里に帰った時、懐《なつ》かしい場所へ足を伸ばした。あの大御所宅へ……そこには一族は住んでいなかった。日本庭園が美しかったので、市の管理で入場が出来見学が許された。鯨の歴史と共に去《さ》りぬである。ふと、平家物語の冒頭《じょうしゃひっすい》が思い浮んできた。「祇園精舎《ぎおんしょうじゃ》の鐘の声、諸行無常の響《ひび》きあり。沙羅双樹《さらそうじゅ》の花の色、盛者必衰のことわりをあらはす…。」そういえば祖母の姉にあたる親族の邸宅《ていたく》も昔の武家屋敷の続くこの地にあった。証券会社を興《おこ》して財を成した家であったが、二代目で没落する。祖父の妹も製麺工場経営者で老後の日々を小高い丘の西洋館で女中と共に暮らしていたが今はない。昭和の億万長者、久しからず、栄枯盛衰の理《ことわり》を表す、心なしか感傷的になり、私のふる里は寂しさを覚えるものである。

⑤「父母のこと」

父母は昭和16年に結婚し、日光と中禅寺湖《ちゅうぜんじこ》への新婚旅行の写真が残る。父30歳母20歳であった。戦争で家は焼失した。戦後は広い敷地で２４０坪の醤油製造工場を経営していた。お抱《かか》えの大工さん一人がいて、檜《ヒノキ》作りで工場内の二階座敷をコツコツと作り上げていた。工場内は、はしごで登っていく大きな木製の樽《たる》が幾《いく》つもあり、醤油製造の容器であった。小学生たちの見学会では、祖父が案内と説明をしていた。景気は良かったが昭和24年に閉《と》じられた。経理担当者の使い込みもあったようだ。その後は菓子の卸《おろし》と小売業、その後はスーパーマーケット、その後は（昭和31年頃）飼料会社、その後はサラリーマンと父も七転《ななころ》び八起《やお》きで、家族も浮き沈《しず》みを味わった。善良でお人好《ひとよ》し、怒《いか》らず優しい父だった。趣味は日本画と墓参で下関から和歌山県の高野山まで出かけていた。母は若い頃の写真では高峰秀子に似ていたし、きれい好きで料理上手で、手先が器用で、声もきれいだった。学生の頃、ラジオで歌ったことがあった。両親に対しては愛の欠如を覚える私である。

⑥「祖母のこと」

「身を捨ててこそ、浮かぶ瀬《せ》あれ」と祖母の言う言葉だった。愛には犠牲がある。時間にしろ、金銭にしろ労力にしろ、祖母は孫たちへ愛を注《そそ》いでくれた人であった。熱心な仏教徒で夜、家族が寝静まると、仏段の前に座《すわ》り経を唱《とな》えながらウトウトし始め、背中を丸《まる》めて眠ることが多々あり、猫背の人となった。人情に厚く、近所の貧困家庭に出入りして、持ち物を分け与えていた。海辺に住んでいたので、夕暮れ時《どき》に海岸で佇《たたず》む人がいると、勘が働くのか近《ちか》づいて行って、話しかけ、死を思い留《とど》まらせることが、幾度もあった。昭和30年代の頃である。

祖母は若い頃大病を患《わずら》い、薬で治癒《ちゆ》しなかったので、病院嫌いとなり、死ぬまで行くことはなかった。玄米食の信奉者で粗食であった。弟たちが海辺で釣《つ》った魚やウニも生きていると殺生《せっしょう》をしてはならないと言って海へ戻《もど》して、流すのであった。孫たちの成長後は、一人暮らしであったが87歳まで、生きられた。遠くに住む孫たちを思いやり、心なしか寂しさがあったろうと思う。

⑦「仏教とキリスト教」

私が育った家庭は、祖父母と両親、私と弟四人の九名である。1951年（昭和26年）70歳で昇天した祖父亡きあと、祖母が孫たちを育て可愛がってくれた。熱心な仏教徒で家族ぐるみ、朝に夕に大きな仏壇の前で太鼓《たいこ》や木魚を打ち叩《たた》き経を読むのだった。小学生の六年間、毎日一時間の経を唱《とな》えるのは、意味が解《わか》らないだけに苦痛だった。

そんな折、無神論者の母が私をミッションスクールへ入学させてくれた。家では仏教を、学校ではキリスト教の生活である。学校での聖書の授業と試験は、楽しみとなる。賛美歌も素晴らしいので家でもよく歌った。以来現在《いま》でも口ずさむ。世界中から、日本語訳された新しい歌のワーシップもよく歌う。この年（13歳～80歳）まで賛美大好き人間なのだ。若き日には教会で独唱したこともあった。後年子供たち五人をピアノの習《なら》い事を励ましながら、母子六人が、教会のクリスマス会で長女が伴奏《ばんそう》し、ヘンデル作曲の「メサイア（ハレルヤコーラス）」を、私がソプラノ、長男次男がメゾ、三男四男がアルトで混声合唱を英語で歌い披露した。

1988年の良き思い出である。

⑧「私の教会生活」

12歳の時、ミッションスクールへ入学して以来、68年間の今日まで、私の教会生活は家庭生活と共にある。私の免疫力アップはそこから来《き》ている。私の通う教会の音楽は元気が良い。静かで厳《おごそ》かな奏楽の、パイプオルガンや、ピアノの伴奏も素晴らしいが、私は新しい楽器演奏を選んだ。エレクトーン、ドラム、エレキギター、ボンゴ等を駆使《くし》して、賛美も世界中からの新曲のワーシップを歌う。全身全霊で、力一杯《ちからいっぱい》、声を張り上げ、両手も挙《あ》げて、賛美する。座《すわ》っておれないから立ち上がって歌う。喜びが湧《わ》いてくる。神の愛に囲まれて平安がある。悩みごとのすべてを神に委《ゆだ》ねる。ストレス解消だ。老いも若きも様々な人たちとの交流がある。互いに祈り合う。霊（心）の糧《かて》を戴いて養《やしな》われる。人生は頂上を目指して一歩一歩登る登山に例えられるが、神の山に登ろう。登れば登る程、眺望《ちょうぼう》が開《ひら》けてくる。その素晴らしさは、神を知れば知る程の素晴らしさなのだ。山頂は神の栄光が輝いている。その栄光に預《あず》かろう。

⑨「新聞と私」

私の生きてきた時代、新聞は生活の一部であり、今もそうである。新聞は読む力、書く力、考える力、話す力、知識を養ってくれる。私を読書好きに育ててくれた。1

９５３年（昭和28年）頃の我が家は、菓子店舗だったので、父母は客待ち時間に新聞を読みながら店番《みせばん》をしていた。長女の私も手伝いながら新聞を広げた。地方紙を含め何紙もあった。その頃、新聞小説で川口松太郎作『新吾十番勝負』の連載があって、胸をワクワクさせ、夕刊の配達が待ち遠しかった。卒業後は証券会社へ入社する。会社では社員一同、一紙ずつ相場《そうば》が始まる前に、日経新聞を読む習慣があった。仕事の合間でも読む事が出来た。文化欄は興味深く、各人の「私の一冊」欄では、三笠宮殿下の「旧約聖書モーセ五書」を取りあげていて、大切にスクラップしている。昭和35年頃だったか、政・財界人による「私の履歴書」欄に一族の者が登場してきて楽しく読んだものである。あれから62年が経つが私のスクラップは、現在に及んで範囲も広がり、文芸、料理、健康、旅、その他と今や整理に追われている。新聞書籍業界が斜陽にならぬよう願い、繁栄を祈るものである。

⑩「主にありてこそ」

私は世界一の倖せ者だと自負している。それは素晴らしい方との出会いがあったからだ。私をここまで導いて下さった方。助けて下さった方。支えて下さった方。慰《なぐさ》め、励《はげ》まし、力付《ちからづ》け、まどろむことなく守って下さった方。故に今日《こんにち》の私がある。もしその方との出会いがなかったなら、私の人生はどうなっていただろう。生きていただろうか。それとも我儘《わがまま》放題、自分中心、迷える羊《ひつじ》のようであっただろう。故に私の人生は良き方との出会いがあり、共に歩んできた道なのである。

八年間の文通を経て、私23歳彼24歳で結婚した。山口県下関市の故郷から、大阪へ嫁《とつ》いで２０２３年は58年目である。一女四男に恵まれた。子たちはそれぞれ良き伴侶を得、孫八人曾《ひ》孫6人で家族は総勢27名だが、２００５年に当時30歳の次男を失《うしな》った。北海道から大阪九州沖縄まで昨年（２０２２年）は病弱な主人のために、25名が我が家に集《つど》った。思い出は尽《つ》きず、楽しきことのみ多かりき、感謝一杯の人生を送っている。

⑪「義父母のこと」

結婚した時、私は二つのことを心に定めた。一つは嫁《とつ》ぎ先の悪口を言わないこと。二つ目は月に一度は主人の実家を訪問すること。実家までは電車と徒歩で一時間あり、義父母の好物を持参し、時には霜降《しもふ》りの牛肉を手土産に、誕生日や母の日父の日、敬老の日と出来る限り交流を持つようにした。義母は着物が好きでよく似合う人だった。故に私は和裁を習って縫《ぬ》ってあげた。年末年始は、家族一同集《つど》って過ごし、毎年おせち料理は三日三晩、義母と共に手づくりし、20年続いた。

義父はお酒を嗜《たしな》み蛇味《じゃみ》線を弾《ひ》き五月《さつき》の盆栽を手入れして、沢山の花を咲かせ仲間たちと時には沖縄まで遠征《えんせい》して、ゴルフを楽しむ人だった。義父の生涯で一番嬉しかった時といえば、長年郷里（沖縄）出身者の就職他、多くの交流に努《つと》めたとして、１９９６年に沖縄県から功労章に選《えら》ばれたことであろう。88歳までよく頑張られました。

日本国天皇は藤丸洋子を
勲六等に叙し宝冠章を授与する
昭和六十二年四月二十九日皇居において
璽をおさせる
昭和六十二年四月二十九日
内閣総理大臣　中曽根康弘
総理府賞勲局長　海老原義彦
第七二九〇号

叙勲の賞状

表彰状
日吉松仁殿
あなたは大阪沖縄県人会連合会会長等として県人会組織の拡充強化に努め県出身者の生活の向上と福祉の増進に尽力されるとともに大阪の地にあって日本復帰運動を展開し海邦国体等の県の主要行事に協力するなど郷里沖縄の発展に力を注がれました　その功績は誠に顕著であります　よってここに沖縄県功労章を贈りその栄誉をたたえます
平成八年十一月二日
沖縄県知事　大田昌秀
沖縄県

⑫「伯母さん有難う」

主人には実父の長姉に当たる伯母がいた。助産婦の職に心血を注《そそ》ぎ、自宅を産院とし、この道一筋に60年以上を歩まれた。親切で優《やさ》しく、面倒見が良く、心温《こころあたた》かく多くの人々より愛された。大阪市民名誉賞、ナイチンゲール賞、勲《くん》五等の叙勲も賜《たまわ》った。私共五人の子たちを助産で取りあげて下さり、孫のように可愛がって下さった。子供のいない伯母とは私も、実母義母と同様三人目の母のように、交流させて戴いた。伯母の人生で一番華《はな》やかで喜びの日は、写真で残っているように、大阪のホテルの宴会場で300人の方々に囲まれた勲五等叙勲の祝賀会であったろう。頑張られた人生の日々の証《あかし》でもあった。

⑬「沖縄の旅・北海道の旅」

旅は人生の楽しきことの一つである。（1989年）34年前、義父母の好意で家族16人が三泊四日で沖縄へ旅した。当時所在した植物園が印象に残っている。16人乗りの観覧車に全員が収《おさ》まり、20万坪の庭園を巡《めぐ》り、南国の王家の園庭を見るようだった。池には紫《むらさき》色の睡蓮《すいれん》が咲き、100年に一度咲く白い花（棕梠《しゅろ》に似た樹であった）が美しかった。大阪在住の義父母は古里の沖縄を、本州出身の長男の嫁（私）と次男の嫁、孫達へ案内したいと言うことで、その気持ちが嬉《うれ》しい家族旅行であった。

その後23年が経《た》ち、世代交代し今度は主人の好意で家族16人が四泊五日の北海道へ観光した。沖縄在住の孫たちへ旭山動物園を案内したいと願った。北見市在住で牧会している長男夫婦と合流し、教会で二泊し、日曜礼拝に家族全員が、長男牧師のメッセージを聞くことが出来て幸いであった。この二年後に沖縄在住の四男宅で、家族が集合して、孫たちを中心に観光出来たのも幸いであった。

⑭「思い出す度に感謝」

１９９０年の冬。主人は夜遅く帰宅し、家族は寝静まっていた。エアコンはなく古い灯油のストーブを点《つ》けようとして、灯油を入れていた時、電話が鳴りすぐに戻ったが、灯油は床に流れて、ぽっぽっと火が点《つ》いていた。慌《あわ》てバスタオルを濡《ぬ》らしストーブを覆《おお》うが、煙が充満し二階で寝ていた子たちが起きてきた。海に面した防波堤のそばの我が家は、冬の季節風はこの夜ばかりは台風のように吹いていた。窓を開《あ》ければ強風と火に煽《あお》られただろう。台所兼食堂はゴチャゴチャした部屋の中で、床に燃え移った火を消すのに必死であった。主人は自身に言い聞かせるように、「落《お》ちつけ、落《お》ちつけ。」と言っている。私は「神よ、助けて下さい。」と叫《さけ》んでいた。海辺の付近の家々は、小住宅団地で１２０軒ある。強風の中で火事を起《おこ》せば、我が家だけではすまされない。１２０軒一溜《ひとたま》りもない。

一時間程して火は消し止められた。神が御使《みつか》いを遣《つか》わして、消火作業を手伝って下さったのだ。ああ感謝今も感謝。思い出す度に感謝である。

⑮「弟よ有難う」

家族の生と死に関する出来事は、重大事件である。中小企業の鉄工業界で、頑張っていた義父は昭和50年代初頭、多額の不渡手形を被《こうむ》り、千坪の敷地内の工場を200坪に縮小、従業員も70名から5分の1に縮小し、ステンレス建築加工の会社再建を果たした。共に事業に携《たずさ》わってきた主人は、この機会に独立する。工場は遠く、中古の大型トラックで、朝は早くから夜は遅くまで40代の働き盛りを、頑張っていた。五人の子たちは父親の顔を見る暇もなく、母子家庭のようだった。そんな或る日いつものように出社したはずの主人が何の連絡もないと電話があり、続いて私の弟から「今から兄貴のいる信州へ向《む》かう。」と電話があって大騒《おおさわ》ぎとなった。主人は初めて興《おこ》した会社の仕事で、多額の不渡手形を受けて、ショックを受けたようだった。働き過ぎて心身共に消耗し疲れ果て、若き日に登った北アルプスの山頂で永遠に眠りたいと思ったようだ。弟が起《お》こしに行ってくれて本当に良かった。神と人（弟）とに感謝している。

⑯「あの日の夜も感謝」

主人を見ていても40代50代60代は、本当によく働いて、働き盛りの年代なのだろう。体が要求するのか、この時期《ころ》は、酒もタバコも飲み放題だった。仕事上の悩みも多くあったであろう。帰宅は深酒して午前様の日々は珍しくなかった。あの日の夜も遅く帰宅した主人は、二階の寝室へ中々上《あ》がってこないので再度階下へ下りてみたがいなかった。よく捜《さが》してみると、何と衣服のままで、風呂の中で寝ているではないか。これ即ち寒かったので風呂に入って温《あたた》まろうとしたのだろう。酔《よ》っていたので何も考えなかったのであろう。風呂の湯は冷《さ》めていた。疲れ果てて眠ったのであろう。幸い頭と顔は沈《しず》む寸前であった。私もそのあとのことは覚えていない。何としても命は助けられたのだ。今、思い出してもぞっとするのだが、本人は記憶にないそうだ。

神よ。命を守り、支えて下さり、折りにかなった助けを有難うございました。感謝に堪《た》えません。

⑰「三男の奇跡」

三男が10歳の時、腰の周囲が痛むので診《み》てもらった処《ところ》、成長痛ということであった。その後も痛みは続くので、整骨医院で治療を続けていたが、良くならなかった。中学生となり、育ち盛りだというのに、弁当は半分残すし、体育の授業も出来ずであった。

家に帰ると寝てばかりいた。大病院へ行き二ヶ月かけて検査の結果「硬直性背髄炎《こうちょくせいせきずいえん》」という病名で医者からは「高校入試どころではありません。」と言われた。

夏に教会でキャンプがあり、誘《さそ》われて参加した。牧師夫人が彼の為に祈って下さった。目が覚《さ》めると痛みが取れているのが解《わか》った。食欲が出てきて弁当だけでは足《た》りず、パン代も請求するのだった。明るさが戻ってきた。大学入試では外大を選択した。アフリカ宣教へ夢を抱《いだ》いて、ケニアへ一ヶ月滞在した。この年アフリカではマラリヤが大流行していたが、親も毎日詩篇（旧約聖書）91篇を告白して守られた。神学校を卒業して彼は同じ信仰を持つ女性と結婚し、働きながら牧師も勤《つと》め、神により、今日《こんにち》がある。

⑱「癌宣告」

60歳の時、喉《のど》に痛みを感じ、高熱があった。病院で診《み》てもらった結果、甲状腺癌の宣告を受けた。すぐに手術を勧《すす》められたが、声帯の神経がへばり付《つ》いているので、同時に除去するとのことである。

何ということだ。声が出なくなるとは。私の使命である神の福音《ふくいん》（良き知らせ）が語れなくなるではないか。大好きな賛美の歌も歌えなくなり、愛する家族との会話も出来ず、友人知人たちとも語れなくなるとは……。そこで私は決心した。手術はしないことに。私の信じるお方に全幅の信頼を寄せ、我が身を委《ゆだ》ねることにした。その後は病院へ行かずであった。あれから20年が経つ。その間には福音《ふくいん》を語り、毎日賛美の歌を歌い、家族と会話し、友人たちと語らい旅も出来た。何よりも大好きな朗読を楽しんだ。聖書の朗読は何よりも素晴らしい。それは私自身の霊（心）の糧《かて》なのだから。当時、癌宣告より受けた保険金を半分は感謝を捧げ、残りは記念として二階のリビングの壁紙を張り替えた。神の恵みを忘れずに、今もって感謝している。

⑲「永遠の友」

良き友との出会いは、人生に潤《うるお》いを与えてくれる。その意味では幾人かの友がいる。90歳のHさんとは35年来である。10歳年長だけあって或る時は姉のように、時には母のように、面倒見と寛《ひろ》い心、惜しみない心とを合《あわ》せ持ち、きもちが伝わってくる。年に一度私を引っぱり出して、日本各地の温泉場へ一泊の旅へと楽しませて下さる。

振り返《かえ》れば、滋賀県、兵庫県淡路島、有馬《ありま》、鳥取県、島根県、徳島県、愛知県、岐阜県、和歌山県、新潟県、広島県、北海道、大阪へと思い出一杯である。愛と寛容に満ちたこの方は、私にだけではない。誰からも慕《した》われ、誰にでも良くされる。心が温《あたた》かいから、皆さん老《お》いも若《わか》きもストーブのように寄ってくる。語れば笑いが絶えず、集《つど》えば美味なものが、テーブル一杯に並ぶ。おかげで多くの美味な品を、味わわさせて下さった。お互いの共通する心は、同じ信仰と希望と愛なのである。地上だけでなく、やがて天上にても再会出来る永遠の友なのである。

⑳「尊敬する人」

「バークレーBバックストン」は1890年に来日した英国の宣教師である。彼については2017年に著作全集10巻＋別巻の発売で知る。明治時代の内村鑑三《うちむらかんぞう》は彼に出会い曰《いわ》く、「彼は人類の華《はな》である。」と評した。彼の弟子たちは数知れない。弟子たちも多くの著作を残して活躍した。人を惹《ひ》きつけてやまない人物像とは何か。或る者の答えには「一つは高尚な人格と生涯。もう一つは彼の語ったメッセージである。」と語る。彼の友人は「どんな人にも情《なさけ》深く、慰《なぐさ》めに満ち恵みに浸《ひた》されているような方。如何ばかりの愛！　如何ばかりの熱心！　如何に彼らは先生の言葉に喰《く》い入るように耳を傾けた事か！　先生の至る処《ところ》には聖臨在があった。沈黙そのものが豊かに思われた。聖潔《せいけつ》の人、愛の人、祈りの人、聖書研究の人、彼は宣《の》べる所を生活していた。彼は死んだが今尚、語っているのだ。」と。バックストンが育った英国はヴィクトリア女王の時代で、彼の祖父は貴族であり、その館《やかた》は50名の召使いの中で育ったのだが、彼は地上の富には目もくれず、すべてを捨てて、命をかけて日本の救霊の為に生涯を捧げられたのである。バックストンの短い言葉の中に、「愛する兄弟姉妹よ。私たちがこの地上に生きることを許されている期間は本当に短《みじか》いものでありましょう。与えられた機会は、ある日すべて終わりを告げます。イエス・キリストによる魂《たましい》の救い、キリストの再臨、かの日の審判の時と、その報《むく》い、生ける望《のぞ》みと永遠の望みとを与えて下さる方。キリストに近づき、キリストを愛し、信頼して言葉に尽《つ》くせない喜びを持って、心躍《こころおど》る程のキリストにある栄光の富に、与《あずか》りたいと思います。」最後に彼が人々の為に選んだ聖書の御言葉は、次のとおりです。

『平和の神ご自身が、あなた方を全く聖なるものとしてくださいますように。主イエス・キリストの来臨の時、責められるところのないように、あなた方の霊、魂《たましい》、体《からだ》が完全に守《まも》られますように。あなた方を召《め》された方は、真実ですから、きっとそのことをしてくださいます。』（新約聖書第一テサロニケ五章23節～24節）

―完―

㉑「私の首飾り」

私のノートは宝石箱を開《あ》けるようだ。私はそれを楽しんでいる。それには私の大切な十の言葉が綴《つづ》られている。ダイヤモンドに価《あたい》する言葉は「愛」である。真珠は「喜び」、エメラルドは「平安」である。ルビーは「寛容」、サファイヤは「親切」、めのうは「善意」である。ヒスイは「誠実」、琥珀《こはく》は「柔和《にゅうわ》」、オパールは「自制」、紫《むらさき》水晶《すいしょう》は「謙遜《けんそん》」である。これらの言葉の一つ一つを私の胸に刻《きざ》み、生涯大切に身に付けていきたい。お金で買うことの出来ないものに価値観を置いている。限りある時間、永遠に向けての希望、消えてなくならないものにである。人生において私が自戒している事の一つに「怠惰《たいだ》」がある。怠惰を生活から追放しよう。犯《おか》しやすい私の罪は何か。神第一を願いながら、不敬虔《ふけいけん》になりやすい私。隣人に対する、家族に対する充分でない愛の欠如。御言葉《みことば》に対する学びの欠如に気を付けよう。優先順位を意識して生活していこう。十の宝石の首飾りを身に付《つ》けて。神の山を登る。神の栄光を目指して。

㉒「最後の晩餐《ばんさん》」

コラーゲンの塊《かたまり》のような艶《つや》々した肌《はだ》の人、発酵学者で農学博士、美食家で知られた、小泉武夫氏が、健康誌《けんこうし》の対談で「『最後の晩餐《ばんさん》』で食したいもの」を語っていた。開口一番「最後の晩餐は三日間です。」と。第一日目は、クジラ料理。それは懐かしい味だからと。第二日目は、フグ料理。それは、てっちり、てっさは美味なりと。第三日目は、「くさや」を選ばれた。20年前、彼の「美味巡礼の旅」の新聞連載をスクラップしていた私は、彼の著書『くさいはうまい』も楽しく読んだ。くさやとは魚の肝《きも》類を発酵させたもので、くさい食べ物らしい。彼にとってはうまいらしい。

鯨《クジラ》料理も河豚《ふぐ》料理も私のふる里の味ではないか。私の叔父は冷凍鯨肉の卸《おろし》会社の重役だったから、酒好きの主人へ鯨の最高の尾ノ身（霜降り）の塊《かたまり》を贈《おく》って下さり味《あじ》わったものである。フグ調理の免状を得ていた母は私たちの帰省の度に、大阪へ来訪の都度《つど》、腕を振《ふる》ってくれた。ところで、私の「最後の晩餐」には、パンと葡萄《ぶどう》酒と、ふるさとの一品「生《なま》ウニ」を加えよう。

―完―

第三部　童話『雲に乗って顔と顔とを合わせる日』

或《あ》る日ミミ子は、空を見上げて叫《さけ》びました。

「おーい雲よ、どこへ行くの――。私を乗せて空の果《は》てまで連《つ》れてって――。」

ミミ子の夢は雲に乗って大空のかなた、そこに住むお方に会いたいことでした。九歳の時ミミ子を可愛がってくれた祖父が亡くなり、その時から「人は死んだらどうなるの」と思いはじめ、天を見上《みあ》げるようになりました。或る人は「星になるよ」と言い、他の人は「生《う》まれ変わるのよ、良い事をしたら人間に、悪人は動物や虫になるのよ」と答えますが、確かではありません。中学生になるとミミ子は、ミッションスクールへ通います。学校では宗教の授業《じゅぎょう》がありました。ミミ子の知らない知識が一杯でした。或る時、書物を読んでいて、衝撃を受けます。『きょうだいに向《むか》って腹《ハラ》を立てたり、能《のう》なしと言ったり、バカ者と言うような者は、燃《も》える地獄《ゲヘナ》に投げ込まれます。』

ミミ子はびっくりしました。なぜなら弟が四人いて、ケンカをしたり、

腹を立てたり、バカだと言っていたからです。学校では貧しい友をいじめたり、子分のように付いてくる子が三人いたりで、威張《いば》っていました。それで自分の悪い行《おこな》いに気付いたのでした。悔い改めて生《うま》れ変《かわ》りたいと思うようになりました。地獄には行きたくなかったからです。私の罪を許して下さる方を信じたいと思いました。この書物には、罪について沢山述べてありました。神を知ると罪が分《わか》るようになりました。「口《くち》」から出るものでは、悪口、批判、裁《さば》く、ウソ偽《いつわ》り、罵《ののし》り、悪い言葉、「心」から出るものでは、悪い思いや考え、怒《いか》り、憎《にく》しみ、「体《からだ》」で犯《おか》すものでは、貪《むさぼ》り、不品行、不道徳、偶像崇拝、魔術や占い、殺人その他がありました。さらに読み進むにつれて、天国が見えてきました。『どうしたら天国へ行けるの』この問《と》いはミミ子の知りたい願いでした。天国への門は狭《せま》き門のようです。何故なのかな。『その門は小さく、その道《みち》は狭く、それを見出す者はまれです』とありました。でも、ミミ子はあきらめません。門は小さくても、道は狭くても、それを見出す者はまれであっても、何としても狭き門を突破しなければと…。何故なら狭い門の反対側の門は、大きくその道は広く、そこから入っていく者が多いと言っても、そこは滅《ほろ》びに至る門なのです。火と硫黄《いおう》と燃え続ける池と、そこは永遠に至る地獄なのです。ああ私もそして誰であっても、そんな場所へは行きたくありません。ああ嫌《いや》だ嫌だ、みんな狭き門へ向《むか》いましょう。何としてでも天国へ目指《めざ》さなくてはと、ミミ子は決心するのでした。

ある夜のこと、ミミ子は夢を見ました。それはこの世で見たこともない、思ったこともない、想像も出来ない世界でした。まさしくそれは、栄光に輝く天国の都でした。その輝きは高価な宝石に似《に》て、透《す》き通ったダイヤモンドのようで、大きな高い城壁と12の門があり、門はすべて真珠で出来ていました。都は四角で長さと幅《はば》は、２２２万メートルあり、ガラスに似た純金で出来ており、城壁は碧玉《へきぎょく》で造《つく》られ、城壁の土台石は12の宝石で飾られていました。ダイヤモンド、サファイヤ、琥珀《こはく》、サンゴ、赤縞《あかしま》めのう、赤めのう、トルコ石、ルビー、水晶、緑柱石《りょくちゅうせき》、青《せい》玉《ぎょく》、紫《むらさき》水晶等でした。都の大通りの中央を、水晶のように光るいのちの水の川が流れていました。川の両岸にはいのちの木があって12種類の実がなり、毎月実がなるのでした。都の門は一日中閉《と》じることがありませんでした。そこにはもはや、夜がありませんでした。ミミ子がうっとりとしているその時、どこからか、誰からか声が聞こえてきました。

『見よ。わたしはすぐに来る。わたしはそれぞれのしわざに応じて報《むく》いるために、わたしの報いを携《たずさ》えて来る』

再び声がしました。

『わたしは輝く明けの明星である。

これを聞く者は、「来て下さい」と言いなさい』

今度は多くの人間の声が聞こえてきました。その数は万の幾《いく》万倍、千の幾千倍のようでした。彼らは大声で叫《さけ》んでいました。その響《ひび》きは大海原《おおうなばら》の雷鳴が轟《とどろ》くようでした。

『来て下さい』大音声が全宇宙に響き渡りました。その時、燦々《さんさん》と栄光に包まれたお方が、第三の天から雲に乗って、万の幾万倍、千の幾千倍の御使い達を従えて、第一の天まで降《お》りて来《こ》られ、空中で留《とど》まりました。全宇宙から世界に向けて、燦然《さんぜん》たるきらめきが放《はな》たれました。

その時ミミ子は夢うつつの状態でしたが、目を開《あ》けた、まばたきの瞬間、朽《く》ちない栄光の体《からだ》に変えられ、そのままぐんぐんと、天に引き上げられ、携《たずさ》え昇っていきました。そうして雲の上で、雲に乗って来られたお方と、顔と顔とを合わせたのでした。

はるか遠くに白く光《ひか》った塊《かたまり》のようなものが見えました。次第に近づいてくるにつれ、それは白い衣を着た人間の霊魂が、栄光の姿《すがた》に変えられ、輝いて喜びに満ちた一群の情景でした。

完

※参考資料（栄光に輝く天国の都《みやこ》の情景は『新約聖書』の一部「ヨハネの黙示録」より参照。文中の宝石名は現代名を用いました。）

天国の賛美をうたう教会の人々

第四部　山上《さんじょう》の垂訓《すいくん》

そこでイエスは口《くち》を開《ひら》き、彼《かれ》らに教《おし》え始《はじ》められた。

1「心《こころ》の貧《まず》しい者《もの》は幸《さいわ》いです。
天《てん》の御国《みくに》はその人《ひと》たちのものだからです。

2悲《かな》しむ者《もの》は幸《さいわ》いです。
その人《ひと》たちは慰《なぐさ》められるからです。

3柔和《にゅうわ》な者《もの》は幸《さいわ》いです。
その人《ひと》たちは地《ち》を受《う》け継《つ》ぐからです。

4義《ぎ》に飢《う》え渇《かわ》く者《もの》は幸《さいわ》いです。
その人《ひと》たちは満《み》ち足《た》りるからです。

5あわれみ深《ぶか》い者《もの》は幸《さいわ》いです。
その人《ひと》たちはあわれみを受《う》けるからです。

6心《こころ》のきよい者《もの》は幸《さいわ》いです。
その人《ひと》たちは神《かみ》を見《み》るからです。
7平和《へいわ》をつくる者《もの》は幸《さいわ》いです。
その人《ひと》たちは神《かみ》の子《こ》どもと呼《よ》ばれるからです。
8義《ぎ》のために迫害《はくがい》されている者《もの》は幸《さいわ》いです。
天《てん》の御国《みくに》はその人《ひと》たちのものだからです。
『八つの幸《さいわ》いについて』（新約聖書）マタイ五章一節～十節

山上の垂訓と言《い》えば、映画「ベンハー」でもその場面が登場してくる。私の教会生活に於《お》いても1989年に牧師が毎週一つずつ丁寧に説き明かして下《くだ》さった。テレビでも、チョー先生が「八福《はちふく》について」語られたことがある。その時は一生懸命《いっしょうけんめい》聞いていたが、今度は、自身が教えてあげる立場になる。最近、次男が嫁を貰《もら》い、未信者なので、さっそくこの個所を語ったのであるが、私の解釈は適切だったかどうかこのレポートをもって御《ご》指導を乞う者である。第一番目、

①『心の貧しい者は幸いです。天の御国《みくに》はその人のものだからです。』

心の貧しい者とはどんな状態をいうのでしょうか。貧しいとは何も無《な》いことを意味します。心が貧しいとは、心の中が空《から》っぽの状態であり、心は霊でありますから、霊的な乞食《こじき》を表しています。私たちの心の中は、今、どのような状態でしょうか。何やかやで例えば、仕事の事、子供の事、金銭の事、人間関係の事、悩み事等、色々と一杯詰《つ》まっているのではないでしょうか。心をコップに例えてみましょう。ここに二つのコップがあり、一つは空《から》っぽで、もう一つは何か一杯入っているとします。神様がコップの中にとても素晴《すば》しいものを注《そそ》いで入れようとしましても、何か一杯入っていれば入《い》れる事が出来ません。ですから私達は心を空《から》っぽにする必要があります。しかし、ここで注意しなければならない大切な事は、何かで一杯入っていたコップを空にしても、このままでは、汚れています。神様が清い水を注《そそ》ごうとしても、バイ菌の付《つ》いたままでは、何にもなりません。コップは洗われなければなりませんが、自分で心の中迄《まで》、洗う事《こと》は出来《でき》ません。人間は、外側の身体《からだ》を洗う事《こと》は出来《でき》ますから、毎日、風呂に入って洗います。心は霊ですから、霊を造《つく》られた神様だけが、洗い聖《きよ》める事《こと》が出来《でき》ます。イエス様だけが、心の中の汚《よご》れ、即ち罪を洗い聖《きよ》める事《こと》が、お出来《でき》になるお方です。何故《なぜ》ならイエス様の御生涯《ごしょうがい》は、人類の罪の汚れを取り除く為《ため》であり、十字架上に於《お》いて私たちが受けるべく神の怒りの刑罰を身代わりとなって尊い血潮（御血）を流して下《くだ》さいました。それ故《ゆえ》に、イエス様に心を開き心の中の汚《よご》れ（罪）を告白して聖《きよ》めていただきましょう。神は聖《きよ》いお方なので、私たちも聖《きよ》くならなければ、天の御国《みくに》に入《はい》れないからです。心の貧しい者とは、もう一つの意味を持ちます。貧しい者は、金持ちに比べて、お金に頼ることが出来《でき》ないので、神に頼ります。神によりすがる心には、へり下《くだ》る謙遜さを必要とします。神様は驕《おご》り高ぶる者を退《しりぞ》け、へり下《くだ》る者に近づいて下《くだ》さるお方です。心が貧しく神に対して富んでいる者だけが、天国に入る資格があると教えて下《くだ》さっています。

次に二つ目の幸《さいわ》いについて。

②『悲しむ者は幸いです。その人は慰められるからです。』

イエス様は何故《なぜ》、悲しんでいる者は幸いであると、おっしゃられたのでしょうか。人はどんな時に悲しむのでしょうか。

愛する者が亡くなった時、事業が、経済が破綻した時、愛する者に裏切られた時、医学の力に見放された病にある時、大災害や災難に遭った時、このような悲しみの状態に出会い、かつ絶望状態に陥《おちい》った時、人は神に向《むか》い助けを求めるなら、そこから救い出すことの出来《でき》る神がおられることを人々は知って慰められることでしょう。死の問題も、経済の祝福も、愛についても、病からの解放もすべてこれら悲んでいる人々に対して充（十）分に助け慰めて下《くだ》さるお方だからです。これらは多くの場合の悲しみの局面ですが、聖書に記《しる》されているところのもっと深い「悲しみ」について学んでみたいと思います。新約聖書の時代の使徒《しと》パウロも悲しみを味わいました。ロマ書九章二節に『私には大きな悲しみがあり、私の心には絶えず痛みがあります。』と告白しています。パウロの悲しみは、滅びゆく魂《たましい》の同胞の救いの為《ため》に、熱心に伝道しながら、切なる隣人への愛のうめきを持《も》っての悲しみでありました。旧約聖書では預言者エレミヤが、イスラエル民族滅亡に対する神からの警告を受けて、民族の荒廃ぶりを嘆き悲しみ、多くの涙を流して神に祈ったことが記録に残されています。そのような悲しみにあるエレミヤに対して、神から多くの慰めがありました。

私たちも利己的な悲しみから抜け出して、神のみこころに添った悲しみを持ち続けて、神からの慰めを受けたいと思います。

では三つ目の幸《さいわ》いについて、学びましょう。

③『柔和な者は幸いです。その人は地を相続するからです。』

私達《たち》は柔和な人というと「優《やさ》しく素直で穏やかな人」を思い浮かべます。聖書には柔和についてどのように言っているでしょうか。第一テモテ六章十一節に、『神の人よ。あなたは正しさ、敬虔、信仰、愛、忍耐、柔和を熱心に求めなさい。』と私たちが求めるべきものの一つに数えあげられています。エペソ四章二節では、『謙遜と柔和の限りを尽くし、寛容を示し、愛をもって互いに忍び合い、……』と述べられて、謙遜と共に柔和の限りを尽くすように勧《すす》められています。ガラテヤ人への手紙五章では、九つの御霊《みたま》の実は、即ち愛、喜び、平安、寛容、親切、善意、誠実、柔和、自制の中にも入っております。第一ペテロ三章では、『柔和で穏やかな霊という朽《く》ちることのないものを持つ、心の中の隠れた人がらを飾りにしなさい。これこそ、神の御前に価値あるものです。』このように柔和というものは、神から与えられるもので価値があり、自分の力で、つくり出すものではないことが教えられます。どのような短気で怒りっぽい人間でも、神に従って生きる時、神様が、柔和に造り変えて下《くだ》さり、神の与えて下《くだ》さる相続の地を受け継ぐ者として祝福して下《くだ》さることが解《わか》りました。第四番目は、

④『義に飢え渇いている者は幸いです。その人は満ち足りるからです。』

多くの場合、飢え渇くという言葉は、食物に飢え渇く意味に用いられます。神は人間を肉体と霊と魂の三つの部分から造《つく》られました。肉体には食物を必要とし、得られなければ、たちまち飢え渇きます。それ故《ゆえ》に私達《たち》はからだに必要な食物をせっせと戴《いただ》いて満足します。では霊と魂の分野はどうでしょうか。

義に飢え渇くとは、神と正義に対する心の飢えを意味します。今から三千年も前の人々は旧約聖書の詩篇の中で、義に飢え渇きました。『鹿が谷川の流れを慕《した》いあえぐように、神よ。私のたましいはあなたを慕いあえぎます。私のたましいは、神を、生《い》ける神を求めて渇いています。いつ、私は行って、神の御前《みまえ》に出ましょうか。』イザヤも又《また》、このように言っています。

『私のたましいは、夜あなたを慕《した》います。まことに、私の内なる霊は、あなたを切に求めます。あなたのさばきが地に行なわれるとき、世界の住民は義を学んだからです。』（イザヤ26章9節）

はたして今日《こんにち》の現代人は、このように義に飢え渇いているでしょうか。

アメリカの伝道者である、ビリー・グラハムによると、現代人には、神の義に対する渇望を損《そこな》うものが沢山あると述べています。その第一は、罪深い快楽です。現代人は悪魔の御馳走《ごちそう》を食べ過ぎているようです。第二は、うぬぼれです。自分が満ち足りていると考えている人の生活には、神を入れる余地がありません。第三に秘密の罪があります。赦《ゆる》さない罪、嫉妬、羨望、偏見、悪意、人の心が悪魔のあてがいぶちで満足していると、天のマナ（霊の糧）を求めなくなるからです。第四に霊的な生活をなおざりにすると、神の義を渇望しなくなります。聖書は魂《たましい》のことを、なおざりにしてはならないと戒めています。『人はパンだけで生きるのではなく、神の言葉《ことば》の一つ一つによって生きる。』とあるとおりです。多くの現代人が義を望まないということは、罪や怠慢が神との交わりを願う思いを駄目《だめ》にしてしまうままにすることを意味します。神は神の義を願う人達《たち》の飢えと渇きを満足させて下《くだ》さるお方です。『義に飢え渇いている者は幸いです。』というこの約束こそ、神に対する責任を人間に負わせ、人間に対する責任を神に負わせるものだからです。私達人間のささやかな役割は、義に飢え渇くこととなのです。

そうすれば、神はいのちの水を私達《たち》に注いで下《くだ》さり、その時こそ、魂の平和と心の静けさを知って、私達は満ち足りることが出来《でき》るのです。次に、

⑤『あわれみ深い者は幸いです。その人はあわれみを受けるからです。』

ヤコブ（キリストの弟子）は聖書の中であわれみについて言っています。『あわれみを示したことのない者に対するさばきは、あわれみのないさばきです。あわれみは、さばきに向かって勝ち誇るのです。……もし兄弟また姉妹のだれかが、着る物がなく、また毎日の食べ物にもこと欠いているようなときに、あなた方の内だれかがその人たちに、「安心して行きなさい。暖かになり、十分に食べなさい。」と言っても、もしからだに必要な物を与えないなら、何の役に立つでしょう。』このようなみ言葉《ことば》から、あわれみ深い者とはどんな人を言《い》うのかを考えてみる時《とき》、私たちはマザー・テレサの生き方を思い出されるのではありませんか。彼女は他の人にあわれみと同情と愛を与える器《うつわ》となって生きたキリスト者でした。神のあわれみを受けた者は、他人に対してもあわれみ深くなるものであることを教えられます。私達《たち》は神の愛とあわれみとが人々に注入される、よどみのない水路でなければならないことも教えられます。私達《たち》は「罪の赦し」と「永遠の命」の約束によって、神のあわれみを受けたのですから、あわれみを表さなければなりません。あわれみを表《あらわ》すことで、私達《たち》自身があわれみを受けるばかりでなく、活気に満ちた幸福を知ることが出来《でき》るでしょう。

⑥六番目は、『心のきよい者は幸いです。その人は神を見るからです。』

私たちの神様は、『私が聖《せい》であるからあなたがたも聖《せい》でありなさい。』と仰せられます。旧約聖書には神の民が聖《きよ》められる為《ため》に、戒めと共《とも》に多くのことを教えられました。その内《うち》の一つに聖絶《せいぜつ》という言葉《ことば》が使われています。イスラエルの初代の王であったサウルは、敵と戦って戦勝品を神のお言葉《ことば》通りに聖絶せず、惜しんだ心があった為《ため》に、預言者サムエルから注意されて、サウル王も赦しを求めますが、神は厳しく臨《のぞ》まれて、サウル王を追放します。このことは、今日《こんにち》の私達《たち》に対しても、敵、即ち罪は、どんな小さな罪でも聖《きよ》められなければならないこと。神に聞き従うことが最優先されること。神に選ばれた器《うつわ》は、罪の聖めと、神への従順とをこの個所で教えられるのです。

不道徳がはびこっている現代の若者にとって大切なみことばがあります。詩篇119篇9節に『どのようにして若い人は自分の道をきよく保《たも》てるでしょうか。あなたのことばに従ってそれを守ることです。』若者達《たち》ばかりでなく、すべての人々に当てはまります。箴言にも素晴《すば》らしいみことばがあります。『力の限り、見張って、あなたの心を見守れ。いのちの泉はこれからわく。』ほんの小さな油断《ゆだん》が命をも奪うことがあります。聖書は力の限り見張りなさいと忠告しているのです。心を見張る、心を見守るとは、心が汚《よご》れないようにすることです。どのようにしてか、神のみことばに従ってです。私達《たち》の愛も、動機も、行為、思想、意欲、意志、そして身体《からだ》もです。神はすべての清いことに心を留《と》めなさい（ピリピ四章八節）と言われます。心のきよさは天国に入る為《ため》の必要条件です。心が清くない人は、天国へ入る機会は全然ありません。神に清められた清い心を受けたなら聖《きよ》い生活を送ることができるはずです。私達は心のきよさを保てるように神に願い、聖書を読み、日毎に祈り、正しい人々と交わることが教えられます。第七番目に、

⑦『平和をつくる者は幸いです。その人は神の子どもと呼ばれるからです。』

平和の問題を身近な家庭において考えてみる時、あなたは平和をもたらす者ですか。それとも争《あらそ》いの種を蒔《ま》く人ですか。家庭に争いの種が蒔かれると、和解をしなければ家庭は崩壊し、離婚も生じます。現代社会は何と離婚や家庭崩壊が多いのでしょうか。その原因は家庭の真ん中にイエス様を置かないからです。聖書は『キリストこそ私達《たち》の平和である。』と言っているからです。私達《たち》はまず、神と和解して神との平和を持つようにします。そうすれば、平和をつくり出す者になります。私達《たち》は生活の中で自分達《たち》が「平和をつくる者」となりましょう。まず、家庭の中に平和を

もたらしましょう。それは平和を持《も》たらすことの出来《でき》る神につながることにおいて可能です。

次に私達《たち》は、社会で職場で平和をつくり出す者になりましょう。次には教会で平和をつくり出す者となりましょう。平和のあるところには平安があります。そのどちらも神が与えて下《くだ》さるものです。私達《たち》は神と神が分けて下《くだ》さる平和を知るだけで、平和をつくり出す者になれるのです。神は平和をつくり出す者に祝福を約束して下《くだ》さっています。

八ツ目は、

⑧『義のために迫害されている者は幸いです。天の御国《みくに》はその人のものだからです。』

義のために迫害されている者とは、どのような人々なのか。これについてこのみことばに続いて述べられています。『わたしの為《ため》に、ののしられたり、迫害されたり、又《また》、ありもしないことで悪口雑言を言われたりするとき、あなたがたは幸いです。喜びなさい。喜びおどりなさい。天においてあなたがたの報《むく》いは大きいのだから。』もう一つ聖書を開いてみましょう。（第二テモテ三章12）

『確かに、キリスト・イエスにあって敬虔に生きようと願う者はみな、迫害を受けます。』

神と共に正しく生きようとする者が、何故《なぜ》、迫害を受けるのでしょうか。

私はキリスト教の神が真《まこと》の神であることを人に伝えようとするいくつかの説明の一つに、クリスチャンの殉教について語ります。

サタンは、この世界に人間の知恵と手によって、偶像の神々と宗教を造らせて、真《まこと》の神、以外のものに目を向けさせ拝《おが》ませています。サタンは、真《まこと》の神の民を狙います。迫害を持《も》って死にまで追いやります。信仰を捨てさせる為《ため》です。しかし真の神の民は、素晴《すば》らしい神の栄光を知っているので死をも恐れず、信仰を貫《つらぬ》き通します。ダニエル書を御覧《ごくだ》下さい。王に仕えていた三人のユダヤ人の信仰深い青年たちは、バビロン政府が強要する偶像崇拝をきっぱりと断り、火の燃える炉の中に投げ込まれても信仰を失いませんでした。彼らの信仰的な発言は、何と清々《すが》しいではありませんか。『私たちの仕える神は、火の燃える炉から私たちを救い出すことが出来《でき》ます。王よ。神は私達《たち》をあなたの手から救い出します。しかし、たとえ、そうでなくても、王よ、ご承知下さい。私たちはあなたの神々に仕えずあなたが立てた金の像を拝むこともしません。』彼らの信仰は口で告白したとおりになりました。火の燃える炉から救い出されたのでした。いつの世においてもキリスト教だけが迫害による殉教の歴史があます。何故《なぜ》、彼らは喜んで死ぬことが出来《でき》るのでしょうか。この世における相対的な幸福は、後の世の絶対的な幸福と関係があると、イエス様は強く明示されました。この世で私達《たち》は神の遺産の手付金を受け、天国では幸福の全財産を相続するのです。キリスト者は永遠という考えの枠の中で思索し行動します。今この世での苦しみは、後《のち》の世に現われる栄光とは比べる価値もない程《ほど》小さなものであるということを、キリスト者は知っているのです。

以上

「八つの幸いについて」（1997年11／28）日吉美代子

第五部　永遠に変わらぬ愛をもって、
神ご自身が語られたロゴス
（ロゴス＝ギリシャ語＝神の言葉）

絵　佑市

神は、旧約聖書の時代（紀元前）、預言者たちを通して語られ、新約聖書（紀元）の時代は、イエスを通して弟子たちを通して語られました。代表して「イザヤ書」から少々と黙示録から少々を。

「人はみな草のよう。その栄えはみな野の花のようだ。主の息吹《いぶき》が、その上に吹くと、草はしおれ、花は散る。まことに民は草だ。草はしおれ、花は散る。しかし、私たちの神のことばは、永遠に立つ。」

（イザヤ書40章6節～8節）

「目を高く上《あ》げて、だれがこれらを創造したかを見よ。この方はその万象を数えて呼び出し、一つ一つその名をもって呼ばれる。この方は精力に満ち、その力は強い。一つも漏《も》れるものはない。」

（同26節）

「あなたは知らないのか、聞いたことがないのか。主は永遠の神。地の果てまで創造した方。疲れることなく、弱ることなく、その英知は測《はか》り知れない。疲れた者には力を与え、精力のない者には、勢《いきお》いを与えられる。若者も疲れて力尽《つ》き、若い男たちも、つまずき倒れる。しかし、主を待ち望《のぞ》む者は、新しく力を得、鷲《わし》のように翼《つばさ》を広げて上《のぼ》ることが出来る。走っても力衰《ちからおとろ》えず、歩いても疲れない。」

（同28節～31節）

「わたしは主《しゅ》。これがわたしの名。わたしは、わたしの栄光をほかの者に、わたしの栄誉《えいよ》を刻《きざ》んだ像どもに与えはしない。初《はじ》めのことは、見よ、すでに起った。新しいことをわたしは告《つ》げる。それが起こる前にあなた方に聞かせる」

（42章8～9）

「わたしの名で呼ばれるすべての者は、わたしの栄光のために、わたしがこれを創造した。これを形造《かたちづく》りまたこれを造《つく》った。」

（43章7節）

「わたしより、先に造《つく》られた神はなく、わたしより後《のち》にもない。わたし、このわたしが主《しゅ》であって、わたしのほかに救《すく》い主《ぬし》はいない。

これから後《のち》もわたしは神だ。わたしの手から救い出せる者はなく、わたしが事を行なえばだれがそれをとどめることができよう。」

（同10節13節）

「わたしは初《はじ》めであり、わたしは終《おわ》りである。わたしのほかに神はいない。わたしが永遠の民を起《お》こしたときから、だれがわたしのように宣言《せんげん》してこれを告《つ》げることができたか。これをわたしの前で並べ立ててみよ。彼らに未来のこと、来たるべきことを告《つ》げさせてみよ。」

（44章6～7節）

「わたしが主である。ほかにはいない。わたしは光を造《つく》り出し、闇《やみ》を創造し、平和をつくり、わざわいを創造する。わたしは主。これらすべてを行う者。」

（45章6～7節）

「永遠に変わらぬ愛をもって、あなたをあわれむとあなたを贖《あがな》う方、主は言われる。」

（54章8節）

「主を求めよ。お会いできる間《ま》に。呼《よ》び求めよ。近くにおられるうちに。」

(55章6節)


「見よ。わたしはすぐに来る。この書《しょ》の預言《よげん》のことばを守る者は幸《さいわ》いである。」

「これらのことをあかしする方がこう言われる。しかり。わたしはすぐに来る。」

アーメン
主イエスよ、来て下さい。

「主イエスの恵みが、すべての者とともにありますように。」

新約聖書黙示録(22章・7・20・21)

あとがき

当初の題名は『もう時間がない。しかし　かなたには希望がある。』であった。この外題には二つの意味が含まれていた。一つは自分自身のことである。二つ目は新約聖書「黙示録」の最後の預言のキリストの言葉である。『見よ。わたしはすぐに来る。わたしはそれぞれのしわざに応じて報《むく》いるために、わたしの報いを携《たずさ》えて来る。』これはキリストの再臨のことであり、その日は近いとされる。今後の世界において必ず起《おこ》るこの「携挙《けいきょ》」についてはクリスチャンだけが知っていればよいと思っていてはならない。そう思う時に、神が造《つく》られた人の霊（心）と魂《たましい》が、自分だけが救われて良しとしてはならない。かなたにある希望とは神と共にある「永遠の命」なのだ。神の御心《みこころ》は一人でも「滅《ほろ》び」ではなく、「永遠の救い」なのだから何とか伝えなくては。そこで自分の人生のこと（原稿）は半分に減《へ》らして、交流のある諸先生方へ原稿の協力を願い、サポートして戴いた。おかげで、『人間にとって大切なこと、知らなければならないこと』の内容が充実したと思う。この小書を通して一人でも多くの方々が大いなる救いの恵みに預《あずか》り、神の豊かな祝福が永遠にありますように。

すべての栄光を主に帰して。

二〇二三年十一月

日吉美代子

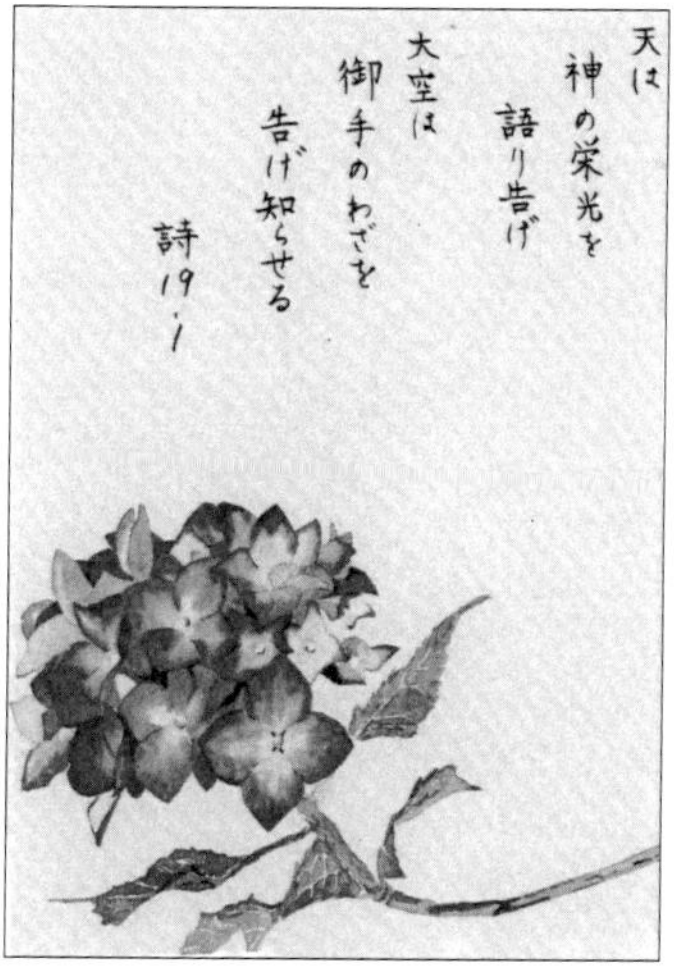
天は
神の栄光を
語り告げ
大空は
御手のわざを
告げ知らせる
詩19:1

絵　佑市

著者プロフィール

日吉 美代子（ひよし みよこ）

（旧姓　中部美代子）

1942年　山口県下関市生まれ（5人姉弟の長女）。

梅光女学院高等部3年の時、受洗。（下関ルーテル教会で）

証券会社5年勤務。

1966年（昭和41年）大阪在住の日吉《ひよし》一成《かずしげ》と結婚（一女四男）。

1996年（平成8年）神戸市の「極東聖書学院」入学（当時、大嶋常治学院長）。

2000年（平成12年）後に改名した「日本キリスト神学校」（尾山令二学院長　当時73歳）卒業。

現在　大阪府堺市「関西ハレルヤチャペル」伝道師。

尊敬する人物…1890年に来日した英国人宣教師バークレー F バックストン。

人にとって一番大切なこと、知らなければならないこと

2023年11月15日　初版第1刷発行
2023年12月15日　初版第2刷発行

著　者　日吉 美代子
発行者　瓜谷 綱延
発行所　株式会社文芸社
〒160-0022　東京都新宿区新宿1－10－1
電話　03-5369-3060（代表）
03-5369-2299（販売）

印　刷　株式会社文芸社
製本所　株式会社MOTOMURA

©HIYOSHI Miyoko 2023 Printed in Japan
乱丁本・落丁本はお手数ですが小社販売部宛にお送りください。

送料小社負担にてお取り替えいたします。

本書の一部、あるいは全部を無断で複写・複製・転載・放映、データ配信することは、法律で認められた場合を除き、著作権の侵害となります。

ISBN978-4-286-24731-1